異世界に飛ばされたおっさんは何処へ行く？
Where is Ossan going in another world?
9
シ・ガレット
ci garette

目次

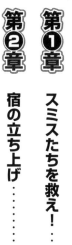

主な登場人物
タクマ
異世界に飛ばされてきたおっさん。趣味を楽しみながら異世界を旅する。
夕夏《ゆうか》
タクマの婚約者。タクマと同じように異世界に飛ばされてきていた。
アンリ
メルトの町の宿屋「止まり木亭」の看板娘。

ショーン
パミル王国の王子。
話すのが苦手で、
噛んでしまう
癖がある。
プロック
地方都市トーランの
商業ギルド長。
根っからの商売人。
タクマの仲間達
ヴァイス
ゲール
アフダル
ネーロ
ジュード
ブラン
レウコン
ナビ
アルテ
ヴェルド

第❶章

スミスたちを救え！

1　休日の贅沢《ぜいたく》

エルフたちをトーラン旧市街に移住させる大仕事が一段落して数日経つ。

タクマはようやく書類仕事から解放された。溜まっていた書類は膨大で、丸三日かかってしまった。

湖畔《こはん》の邸《やしき》の居間のソファーに腰掛けたタクマが呟《つぶや》く。

「あー、昨日まで地獄《じごく》だったたな。まさかこの世界に来てまで、書類とにらめっこするハメになると思ってなかった」

タクマの隣では、ロイヤルエルフの赤ん坊のユキが、虎の守護獣《しゅごじゅう》であるゲールに包まれてスヤスヤと眠っている。

最近、ユキには守護獣が交代で付くようになった。

といっても、別に何か危険があるわけではない。単に守護獣たちの面倒見が良いだけだ。ユキが眠っている時は今みたいに包み込み、起きている時は背中に乗せて遊んでくれる。

ゲールがユキを起こさないように小声でタクマを気遣う。

「ミアー？（お父さん疲れてるの？）」

「疲れてないと言えば嘘になるかな。さすがにこれだけの書類を片づけると疲れるさ」

タクマはそう言ってゲールの頭を撫《な》でる。

ゲールは目を細めてされるがままになっていた。

「それにしても今日は静かだな。みんな町に行っているのもあるだろうけど、こんなに静かなのは久しぶりだ」

タクマの家はいつも賑《にぎ》やかだ。常に誰かしらいるし笑い声が絶えない。

今日は使用人たちがそろって出ているので、家にいるのはタクマ、ゲール、ユキだけだった。

「たまには贅沢に過ごすか」

タクマはそう言うと、アイテムボックスからＰＣと酒、そしてツマミのチーズを取りだした。

ゲールのおやつにジャーキーも忘れない。

タクマがジャーキーを差しだすと、ゲールは嬉しそうに頬張《ほおば》った。

「うまいか？」

「ミアー！（うん！）」

それからタクマはＰＣの音楽プレイヤーを起動させてジャズを流す。ユキが起きないように音量は控《ひか》えめだ。

皿にチーズを載せ、グラスに酒を注ぐ。

グラスに入った琥珀色《こはくいろ》の酒は日差しを反射して輝いていた。タクマは一口だけグラスをあおった。

「ふう……やっぱりうまい。昼間から飲む酒は最高だな」

グラスを目の高さまで持ち上げつつ、タクマは呟《つぶや》く。

「この家も賑やかになったものだ。しかし、俺に家族ができるなんてな。日本にいる時には諦めていたが……」

今の生活はとても充実していて幸せだ、タクマはそう思った。

ヴァイスを始めたくさんの守護獣に囲まれ、新しい家族までできた。しかも、死に別れたと思っていた恋人夕夏《ゆうか》とも再会できた。

かつての自分は生きている意味を見つけられず、無気力に生きていた。それが異世界ヴェルドミールに来てから変わった。

家族と接しているうちに人間らしくなったのだ。

「……それもこれも、ここにいるみんなのおかげだな」

タクマは酒を飲んだ事で感傷的になっていた。

ゲールが首を傾げる。

「ミアー？（お父さんは僕たちに会えて幸せ？）」

「ああ。すごく幸せだ。俺は世界一幸せ者なのかもしれないな」

そう言ってタクマは照れくさそうにゲールを撫でる。

「ミアー（僕もしあわせー。お父さんは大好きだし、ヴァイスたちも好き。それに、ここに住んでいるみんなも好きなんだー）」

タクマはそのままソファーで眠ってしまう。ゲールはユキを腹に抱きかかえ、タクマの傍で目を伏せていた。


数時間後。

用事を終えた夕夏が子供たちと帰宅してきた。帰りに孤児院に寄り、子供たちと一緒に帰ってきたのだ。

夕夏が家に入ると、タクマが寝ている姿が目に入った。横にいるユキもすっかり寝入っている。

子供たちがそんな彼らを覗《のぞ》き込む。

「あれ？　おとうさん寝てるー」

「疲れてるのかなー？」

「でもしあわせそー」

「なんかいいね」

子供たちは寝室に毛布を取りに走っていった。

夕夏はゆっくりとタクマの隣に座り、彼の頭を自分の太ももに載せた。

「まったく……家に誰もいないからって昼間からお酒を飲んだのね。まあ、昨日まで忙しかったし、たまにはいいのかしら」

夕夏は微笑《ほほえ》みながら、タクマの頬を撫でた。

しばらくして子供たちが戻ってきて、タクマが起きないように静かに毛布をかける。そしてみんなでタクマを囲んで寄り添っていた。

その後、アークスが戻ってくる。

「これはどういう事です？　なぜ子供たちまで眠っているのでしょうか？」

彼が見たのは、居間で気持ち良さそうに眠るタクマ一家だった。

2　ヒュラたちの覚悟

前日にしっかり休めたタクマは、いつもより早めに起きた。

ユキも同じタイミングで起きたので、彼はユキを連れて散歩に出る。

これまでユキと散歩する時は抱っこしていたが、夕夏がおんぶ紐《ひも》を作ってくれたので、今日はそれを使っておんぶしている。

しばらくして祠《ほこら》に到着する。

火の精霊《せいれい》であるカークを始めとした精霊たち五体が、祠周辺の掃除をしていた。

「あ、タクマ！　ユキちゃん！　おはよう！」

タクマを見つけたカークがまっすぐに向かってくる。

他の精霊たちも集まってきた。

「みんな、おはよう。祠の掃除をしてくれていたのか。ありがとな」

「あーい、あい！」

タクマとユキは精霊たちと挨拶《あいさつ》を交わしてから祠に向き合う。ユキの両親はこの祠に眠っているのだ。

タクマは祠に向かって手を合わせる。

「おはよう。今日もユキは元気に早起きをしたぞ。毎日どんどん成長しているから、成長するのを見ててくれな」

タクマが祈っている間、ユキはじっとしていた。

タクマがユキに声をかける。

「ほら。ユキもお父さんとお母さんに挨拶しないとな」

「う？　……あい！　あうあいあー」

ユキが何を言ったのか分からなかったが、それでもきっと伝わった事だろうとタクマは思うのだった。

朝の挨拶を終えたタクマは、精霊たちと話す事にした。

「ここの生活には慣れたか？」

元々エルフに仕えていた精霊たちは、急にこの地で生きる事になった。それを心配したタクマの質問にカークが答える。

「大丈夫！　空気がとてもきれいだし、魔力は澄んでいるんだ。僕たち精霊はきれいな魔力があればどこでも暮らせるしね」

カークによると、精霊たちにとって湖周辺は暮らしやすいそうだ。

危険なモンスターは現れないし、何より自由に過ごせる。ここに来てから精霊たちは、どんどん元気を取り戻しているという。

「そうか。みんなが元気になったならそれでいいさ。ここには命令する奴なんていないし、自分たちのやりたい事をすればいい」

タクマがそう言うと、カークは一瞬考え込むような素振《そぶ》りを見せた。

そして、彼はタクマに質問を向ける。

「……ねえ、タクマ。君の子供で少し大きい子たちがいたよね？」

「ん、大きい子？　ヒュラたち五人の事か？」

タクマのもとにいる子供たちで大きいのは、トーランで孤児《こじ》をしていたのを引き取った、ヒュラ、アコラ、ファリス、フラン、レジーの五人だ。彼らは11歳から13歳で、周りの子たちより年長である。

カークは少し心配そうに言う。

「たぶん合ってるかな。実はね、精霊たちがその子たちが森を付き添いなしで歩いているのを目にしたらしいんだ……」

最近タクマは、ヒュラたちに森を探索させていた。

そうさせているのは、どこに行っても自力で生き抜けるようにするため。森の恵みを自分で採れるようになれば、最低限生きていけるのだ。

カークによると、そんなヒュラたちに感謝している精霊がいるという。

「感謝……ねぇ……」

タクマが呟くと、カークはさらに続ける。

「あの子たちってとても優しいんだって。タクマから精霊が森に棲《す》んでいると聞いたからなのかな、食べ物を置いていってくれるんだ」

ヒュラたちは森を探索する時に必ず弁当を持っていく。その際、弁当の半分を精霊たちに置いていっていた。

精霊たちはヒュラたちにお返ししたいと考えているとの事だった。

「確かにあの子たちは優しいけど、何か返してほしくてやっているわけじゃないぞ？　単純に美味しい物を食べてほしいだけじゃないかな」

タクマにはそう言われたものの、精霊たちがヒュラたちに何かをしてやりたいという気持ちは変わらなかった。お返しとして彼らは、ヒュラたちを守ってあげたいという。

カークが精霊たちに視線を向けながら言う。

「だからね、彼らとこの子たちを契約させたらどうかなと思って。この子たちは幸い、エルフとは契約しなかったから心に傷を負ってないし、タクマの子供たちに好意を持ってるしね」

「なるほどな。だが、大丈夫なのか？　精霊と契約する事であの子たちに面倒が起こったりしないか？」

タクマがそう尋ねるとカークが首を横に振って答える。

「契約をしたからといって姿形は変わらないし、精霊の存在を隠していればバレる事はないよ。そもそも契約の内容は彼ら自身と彼らの家族を守る事だから、特別な力を与えるわけじゃないんだ。何かあっても守るだけなんだよ」

カークはタクマに向かって頭を下げる。

「ね、精霊たちは君の子供を守りたいだけなんだ。どうか願いを聞いてもらえないかな？」

カークの後ろにいた精霊たちも深々と頭を下げた。

タクマは頷きつつ言う。

「精霊たちがうちの子と契約したいのは分かった。俺としても子供たちがより安全になるのはありがたい」

それからタクマは、いつ契約するか確認した。精霊たちの返答は、できるだけ早くしたいとの事だった。

「そうか。じゃあヒュラたちを今すぐ連れてくるかな。ちょっと待っていてくれるか」

タクマはそう言うやいなや祠を後にした。


家に着くと、子供たちはすでに起きていて朝の運動をしていた。

年長組のヒュラたちもその中にいたので、タクマは彼らに手招きする。

「お父さん！　おはようございます！」

「ああ、おはよう。みんな元気だな」

五人は寝起きとは思えないような大きな声で挨拶した。タクマは笑顔を向け「少し話がある」と言って、彼らを執務室に連れていった。

「悪いな、朝の運動の時間に。でも大事な話があるんだ」

タクマはそう切りだして精霊の話をした。五人は自分たちがした事で精霊たちが喜んだと聞き、嬉しそうな笑顔を見せる。

「精霊はみんなの気遣いが嬉しくて、お前たちと一緒にいたいと言ってくれているんだ」

すると、五人はなぜか顔を曇《くも》らせた。

聞いてみると、契約によってつらい思いをした精霊たちに申し訳ないと考え、自分たちは精霊たちと仲良くしたいだけで彼らを縛りたくない、との事だった。

タクマは笑みを浮かべて告げる。

「みんな優しくて、俺はすごく嬉しい。だけどな？　今回の話は精霊たち自身が望んでいるんだ。自分たちを大切にしてくれるお前たちだからこそ、精霊は契約したいと言ってくれている。どうだ？　ひとまず契約するとかは置いといて、今からその精霊たちに会いに行ってみないか？」

ヒュラが少し驚いたように尋ねる。

「え？　その子たちに会えるの⁉」

「会えるさ。会わずに契約はできないし、その精霊たちはお前たちが来るのを待っている。だから、一緒に祠まで行ってみよう」

ヒュラたちがすぐに席を立って行こうとしたので、タクマは慌てて五人を引き留める。

そして食事のタイミングなのだから、いつものように弁当を持っていったらどうかと提案した。食事を一緒にする事で、打ち解けてくれたらと考えたのだ。

「お弁当、作ってもらってくる！」

ヒュラたちは嬉しそうに部屋を出ていった。

タクマは彼らを見送ると、カークに念話《ねんわ》を送る。

（カーク。もう少ししたら子供たちをそっちに連れていく。精霊たちに待っているように伝えてくれるか？）

(分かった！　待ってるよ！)

それからタクマは、ヒュラたちが精霊たちを気遣ってためらった事を伝えた。すると、カークは感激したように言う。

(……本当にタクマの子供たちは優しいね。自分たちの得ではなく、精霊たちに気をかけてくれるなんて)

(そうだな。ヒュラたちには一緒に食事をするように言ってあるから、実際に契約するかどうかは、その場で話し合って決めたらいい)

(そうだね。みんなにも言っておくよ！)

カークが了承してくれたので、タクマは念話を終わらせた。

しばらくすると、ヒュラたちの走る音が聞こえてくる。普段は家で走ったりしない五人が、はしゃいでいるのがよく分かった。

「お父さん！　もらってきた！　早く行こう！」

ヒュラたちは精霊に会えるのが嬉しいようでタクマを急《せ》かす。

「分かった、分かった。じゃあ、散歩がてら歩いて向かおう」

タクマはユキを背負ったまま、もう一度祠へ向かう。いつもより長い散歩に、ユキもご機嫌だった。

祠に到着すると、精霊たちはヒュラたちを歓迎した。

タクマはヒュラたちの邪魔をしないように少し離れた。そこでおんぶ紐を解いてユキを持ち替え、腰を下ろす。

「さあ、ヒュラたちはどんな話をするかな？」

タクマの視線の先では、ヒュラたちが弁当のバスケットを精霊たちに見せて食事に誘っている。

やがて彼らはその場に座って食事を始めた。

タクマがヒュラたちの様子を見ていると、カークが飛んでくる。

「ねえ、タクマ。何でタクマは遠くで見てるの？」

「これはヒュラたちと精霊たちの話だからな。どういう結果になるのかは気になるが、あの子たちだけでやるのがいいだろ」

「ふーん。じゃあ、僕もここで待とうかな」

そうしてタクマとカークは、精霊たちと子供たちの食事風景を眺めた。

しばらくして様子が変わる。精霊たちと子供たちはそれぞれ真剣な顔になり、意見を交わしだした。

「お、本題に入ったみたいだな」

「そうだね。精霊たちが契約を持ちかけてるね。気になるなら、あの子たちのやりとりを教えようか？」

カークがそう尋ねたが、タクマにその気はなかったので静かに首を横に振る。

「ふーん、そっか。上手くいくと思う?」

「そうだな。どうなるかは分からないが、お互い嫌いなわけじゃないし、悪い関係になる事はないだろ」

やがて、話し合いの雰囲気が柔らかくなってきた。

カークたちが真剣な表情なのは変わらないが、時折笑顔を見せている。精霊たちも同じように笑みを見せ、互いに打ち解けたようだ。

話し合いは終わり、ヒュラがタクマの所へ走ってくる。

「お父さん!」

「どうした? 結果が出たか?」

「うん! ちゃんと話し合いをして、僕たちの気持ちを話したし、精霊さんの気持ちも聞いたよ」

上手くいったようで内心ほっとしているタクマに、ヒュラは結果を次のように説明した。

結局、ヒュラたちと精霊たちとは契約を交わす事にしたそうだ。

ただしその内容は当初と変わり、守ってもらうのではなく、精霊たちと対等な友達になるという。

ヒュラが言うには、友達ならお互いを守り合えるし、彼らに契約を意識させなくて良いからとの事だった。

タクマは真面目な顔になり、あえて厳しい意見を言う。

「対等な友達か……だがそれには、お前たちは力を付けないといけないぞ？　彼らを守れるくらいに強くならないと、精霊に迷惑をかけてしまうだろう。そこは理解しているのか？」

するとヒュラも真剣な表情になる。

「うん……対等になるために、これから本格的に鍛える事にしたんだ。今までも自分の身を守れるように最低限の事はしてたけど、友達を守るには足りないと思うし……だからね……」

ヒュラは自分たちの弱さを自覚していた。そんな彼の口から出たのは、「仮契約」という言葉だった。

本当は今回は契約せずに、ヒュラたちの実力が精霊と釣り合うようになってからと提案したのだが、それは精霊たちから断られ、仮契約という形で縁をつなぐ事になったらしい。期限は三年で、その間にヒュラたちは戦闘能力を付けるという。

そう説明するヒュラの目は本気だった。

「そうか。お前たちが決めた事なら、俺は何も言わない。頑張って精霊たちの期待に応えると良いさ。だけど、普段の勉強も疎《おろそ》かにしてはだめだぞ」

「うん！　じゃあ、みんなにお父さんと話した事を伝えてくる！」

ヒュラはそう言うと、精霊たちの所に戻っていった。

タクマは大きく息を吐くと、カークに尋ねる。

「なあ、仮契約っていうのはいいんだけど……契約内容が友達になるってのは大丈夫なのかな？」

当初精霊の力は防衛だけに制限していたが、ヒュラたちの決めた内容では、場合によっては攻撃にも使えてしまうだろう。タクマはそれを心配していた。

「そうだね。確かにそのリスクはある。だが、タクマの子供たちなら大丈夫じゃない？　後でしっかりと言っておく必要はあるだろうけど……」

それからカークは、今回の話をタクマに言う前に、精霊王であるアルテに相談していたと打ち明けた。アルテには、どういう契約であろうと、ヒュラたちに預けるのなら精霊たちが不幸になる心配はないと言われたらしい。

「へえ、今回の事はアルテも知っていたのか。アルテ……いるんだろ？」

タクマがそう口にした瞬間、彼の目の前にアルテが現れた。

アルテはいつものようにのんびりとした口調で言う。

「呼んだ？　あの子たちは無事に契約できたの？」

タクマはため息をつきつつ返答する。

「まあ、概《おおむ》ね問題ないが……何で言わなかったんだ？」

「言おうと思ったけど、あなた、書類に埋もれてたじゃない。それに、あらかじめ知ってたら面白くないでしょ？」

いたずらが成功した子供のように笑って答えるアルテ。

アルテはさらに続ける。

「あの子たちは優しく育ってるし、力の使い方を間違えたりしないわ。あなたもそう思うから、止めなかったのでしょう？」

確かにその通りだった。アルテが言うようにヒュラたちは優しい子に成長している。だからこそタクマは彼らに契約の判断を任せたのだ。

その後、ヒュラたちと精霊たちとの間で仮契約が結ばれた。

タクマは少し離れた所から仮契約の様子を眺め、彼らの新たなる一歩を目に焼きつけるのだった。


タクマがヒュラたちを連れて自宅に戻ってくると、庭ではアークスが一人で身体を動かしていた。

ヒュラたちはアークスの姿を見つけるやいなや一目散に走っていく。精霊たちもヒュラたちの後ろをフワフワとついていった。

タクマは居間に戻って、一人で朝食を済ませてしまう事にした。ちょうど夕夏が出掛けるところで、彼女が声をかけてくる。

「あら、タクマ。もう用事は終わったの？」

「ああ。後はヒュラたちが決める事だしな。俺たちは見守るだけさ」

ヒュラたちはお弁当を作ってもらった時に夕夏に精霊の事を伝えていたので、夕夏も大体の事情は察していた。

「そうね。何でもやってあげる歳じゃないでしょうから、それで良いんじゃない？　私たちは、彼らが道を間違えないように注意するだけで良いと思うわ」

夕夏はそう言うとタクマからユキを受け取り、そのまま出掛けていった。

その後、食事を済ませたタクマは執務室に向かった。

「さて、コラル様にも言われたが、そろそろ自分の結婚式の事もしないとな。まあ、式自体は周りがやってくれているから、俺は手の出しようがないんだよな……さて、どうするか」

タクマが自分にできる事を考え始めようとすると、ノックの音がした。

入ってきたのはアークスで、その表情はなぜか硬かった。

「タクマ様。ヒュラたちから本格的な戦闘訓練を受けたいと言われたのですが……良いのですか？」

「ヒュラたちがやりたいなら良いと思うぞ。本格的な戦闘訓練をやるからといって、戦闘職に就くわけではないし」

「ええ。それは彼らの希望を聞いたので分かります。ただ、戦闘訓練は人を傷つける危険がありま す。その辺はどうお考えなのでしょうか？」

アークスは厳しい表情でタクマに尋ねた。彼はヒュラたちの変化に、少し戸惑っているようだった。

「落ち着け、アークス。お前らしくもない。あの子たちは敵を倒すために戦闘訓練するわけじゃない。精霊を守るために戦闘技術が必要だから、今以上の訓練を受けたいと言っているんじゃないか？」

まだ子供とはいえ、行動範囲が広がった彼らはいつトラブルに遭うか分からない。守られるだけでは嫌だと思うのは悪い事ではないと、タクマはアークスに説明した。

「それは……そうかもしれません」

アークスは徐々に冷静さを取り戻していった。

「……ヒュラたちは家族と精霊を守りたいと言っていましたね。確かに誰かを守るためには、力が必要です。そうですか……守るためならば、道を間違える事はないでしょう。分かりました。あの子たちの覚悟を見たうえで、私の持つすべてを彼らに叩き込む事にしましょう」

アークスの表情は執務室に来た時とは違い、晴れ晴れとしていた。

◇　◇　◇

しばらくして、庭で大きな声が響く。

タクマが窓から見てみると、アークスが動きやすい格好で立っており、ヒュラたちと模擬戦《もぎせん》をしていた。

剣を構えるヒュラたちに対し、アークスはいっさい武装していない。

模擬戦自体はよくやっているが、アークスの雰囲気はいつもと違う。彼はヒュラたちに誰かを守る事の厳しさを分からせるつもりなのだ。

ヒュラたちもそれを感じ取り、真剣な表情をしている。

「いつでもいいですから、かかってきなさい。あなたたちの覚悟を見せてもらいます」

アークスがそう言うと、ヒュラたちは向かっていった。

ヒュラがアークスの正面に立ち、他の子たちがアークスの死角に移動する。アークスは子供たちの位置を目で追うだけで動かない。

しかし、ヒュラたちは攻撃を仕掛けられなかった。

アークスに隙がなく、飛び込む事ができないのだ。

「どうしました？　来ないと訓練になりませんよ。まあ、今回は力の差を分かってもらうだけですので、こちらからいきましょう」

そう言った瞬間、アークスはヒュラに足払いをする。アークスの動きにヒュラは何もできずに地面に転がされた。

そこからは一方的な展開だった。

アークスは何度も立ってくる子供たちを転ばせ続けた。

「まだ撫でた程度ですよ？　あなたたちの覚悟はそんなものですか？　それでは大切な人を守るなど到底できませんよ」

アークスは厳しい言葉をヒュラたちにぶつける。

ヒュラたちは歯を食いしばって立ち上がり続けた。

それから十五分後。

アークスの足元には疲れ果てて動けなくなったヒュラたちが転がっていた。ヒュラたちはアークスに手も足も出なかった。

「良いでしょう……戦闘訓練に耐える最低限の根性はあるようです。明日から本格的な訓練を始めます」

アークスはそう言うと踵《きびす》を返して自宅へ歩きだし、タクマの方に目を向けて頭を下げた。


タクマがヒュラたちの所へ向かう。

そして彼らを回復させながら尋ねる。

「どうだった？　アークスは強かったか？」

ヒュラたちは生まれて初めて、徹底的に打ちのめされる経験をした。そうして自分たちが目指したものがどれだけの高みにあるかを知った。

「強かった……それに怖かった」

アークスが怖かっただけではない、力を持つ事の恐ろしさを彼らは理解したのだ。

「怖かったか……確かに怖いだろうな。力は使い方を間違えれば暴力になる。だが、精霊たちや家族を守るためには必要だ。だったら、その力をしっかりと使えるように勉強しなきゃな」

タクマは優しく語りかけた。

ヒュラたちは顔を上げて頷く。

「うん！　ちゃんと力の使い方を勉強する！　しっかりと強くなって、今度は僕たちがお父さんたちを守るんだ！」

ヒュラの言葉に、タクマは笑みを浮かべた。

「そうか……俺も守ってくれるのか。お前たちが俺を守れるくらいに強くなるのを、楽しみに待っているよ」

そう言ってタクマは、ヒュラたちの頭を優しく撫でる。

「さあ、そろそろ動けるようになっただろう？　家に帰ろう」

タクマは五人を立たせると、一緒に自宅へ戻っていくのだった。

3　突然の来訪者

昼を少し過ぎた頃。

タクマが執務室にいると、遠話《えんわ》のカードが光る。

「タクマ殿。コラルだ。今からこちらへ来られないか？　エルフの件から数日経って、少しは休めただろう？　そろそろ打ち合わせをしたいのだ」

コラルは結婚式について話したいらしい。

「分かりました。すぐに行かせてもらいます。夕夏も一緒の方が良いですか？」

式の事なら夕夏も一緒の方が良いだろうとタクマは考えたが、コラルはタクマだけで良いと言う。

タクマは訝《いぶか》しげに思いながらも、コラルの邸宅へ向かう事にした。

空間跳躍《くうかんちょうやく》でコラルの邸に跳ぶと、使用人が待ち構えていた。いつもよりも彼らの雰囲気はピリピリしている。

「タクマ様。応接室にコラル様がお待ちです。それと……打ち合わせに同席するお方がいらっしゃいます」

使用人の言い回しで、タクマはピンと来た。

タクマは深いため息をつく。

「お方……ねぇ……まさかとは思うけど……」

タクマが思いついた人の名前を口に出そうとすると、使用人は慌ててタクマに移動を促す。

「あ、あの、とにかくお待ちですから行きましょう！」

応接室に到着する。

コラルの向かいには、呑気《のんき》にお茶を飲む王様、パミルの姿があった。

「おお！　タクマ殿！　相変わらず大暴れしているようだな！」

まるで自分の家にいるかのようにリラックスしているパミルに、タクマは呆れた視線を向けながら話しかける。

「俺は今日、結婚式の打ち合わせをするためにここへ来たのですが……なぜパミル様が？」

疲れた表情のコラルが説明しようとしたが、パミルが口を挟む。

「うむ！　タクマ殿の結婚式には、我ら王家も出席させてもらうからな！　それを伝えようと思って来たのだ」

タクマはコラルに向かって言う。

「……えーと、コラル様。パミル様は王という立場上、俺の結婚式に出るのは無理だと考えていたのですが、大丈夫なのでしょうか？　凄《すさ》まじく厄介事の匂いがしますが……」

パミルにも聞こえていたはずだが、パミルはどこ吹く風でお茶を飲んでいる。

コラルはこめかみを押さえながら言う。

「大丈夫なわけがなかろう。王がこうして王都を離れているのも表に出せん事だし、結婚式に出るなど、国の安全を考えても許可できん。だが、何を言っても聞かんのだ……」

コラルは深くため息をつくと、さらに続けた。

「結論から言えば、すでに出席する事になっておる。それで式当日は、パミル様を始めとした王家に連なる方々には魔道具《まどうぐ》で変装してもらう。これは参加するなら絶対にやってもらう事だ。だが、何があるか分からないので、さらに対策をせねばならん」

それからコラルは、その対策案について詳しく話し始めた。

せっかくやるならトーラン全体を安全にしたいとの事で、トーラン旧市街にあるダンジョンコアを使い、トーラン全体に結界をかけるという大掛かりなものだった。

「これなら結婚式の時だけではなく、今後さらに町を安全にする事ができる。タクマ殿の使う結界はいろいろ仕掛けられそうなので、できれば頼みたいのだ」

タクマはため息交じりに返答する。

「なるほど。それは面白そうですが……できるかどうかは実際に確認してみないと分からないですね」

「ああ、それは後で報告をくれれば良い。今日は君の結婚式の日程を話したうえでこの話をしたかったのだがな……まさか、王が突撃してくるとは……」

疲れた顔をしたコラルはそう言ってパミルに冷たい視線を向けるが、パミルは涼しい顔でお茶を啜《すす》っていた。

しかし、そんな呑気な時間も終わりとなる。

パミルの背後から、ある男が現れたからだ。

男はパミルの真後ろに立つと、パミルの頭に向かって固めた拳《こぶし》を振り下ろす。

ゴン！

鈍い音が鳴り響き、パミルは悶絶《もんぜつ》した。

「良いご身分ですな……私の許可も得ずにトーランに跳ぶとは」

パミルに拳骨《げんこつ》を浴びせたのは、宰相《さいしょう》のザインだ。

怒りに身を震わせたザインはいったん落ち着いてからコラルたちの方へ顔を向けると、そのまま頭を深く下げた。

「コラル・イスル侯爵、タクマ殿。ご迷惑をおかけしたようで申し訳ない」

「いえ。あなたが悪いわけではないのですから、謝罪はその辺で……」

コラルは慌ててそう応えると、タクマに向かって言う。

「タクマ殿。我々は王と話さなければならない事があるので、今日のところは戻ってもらって良いだろうか。私から呼んだのに本当に申し訳ない」

コラルはこれから王に説教をするようだ。

タクマは反論する事なく、辞去する事にした。パミルはタクマに助けてほしそうな顔をしていたが、タクマは華麗にスルーして邸宅の外に出た。

◇　◇　◇

「さて、パミル王の登場で、打ち合わせがなくなってしまったな……」

タクマは家には帰らず、トーランの町に向かう事にした。

トーランの町には相変わらず活気があり、様々な声が響いている。町をブラブラしていると、向かいからユキを抱いた夕夏が歩いてきた。

「タクマ、どうしたの？」

「ああ……コラル様の所で式の打ち合わせをする予定だったんだが、予想外の人が来てしまってな。結局、やる事がなくなったんだ」

タクマがそう話すと、夕夏は何か思いついたように口にする。

「ねえ、時間があるなら結婚の挨拶をしに行かない？　私にはこの時代に知り合いはいないからいいけど、あなたは違うでしょ？　挨拶回りをして式に招待したら、喜んでもらえるんじゃないかしら」

「挨拶回りか……まあ、招待するといっても、この町以外だとメルトに知り合いがいるくらいだけどな。一応結婚式には来てもらうつもりだから、正式に報告しておくか」

すると、夕夏はすぐに行動に移そうとする。

「だったら今すぐ行きましょう！　待ってて。戻って話をしてくるから」

夕夏はユキをタクマに預けると、走っていってしまった。きっと、一緒に行動していた同じ日本人のミカに話しに行ったのだろう。彼女たちは最近、式の衣装作りのために奔走《ほんそう》しているのだ。

「まったく……忙《せわ》しないな。でも夕夏の言う通り、正式に報告したうえで式に招待した方が良いだろうな」

「あうー？」

タクマはユキをあやして夕夏を待った。すると十分もしないうちに戻ってきた。

「お待たせ。じゃあ、さっそく行きましょう」

「ああ、ここで跳ぶわけにもいかないから、いったん町を出よう」

タクマたちはトーランの町を出て人気《ひとけ》のない林に入って空間跳躍で跳んだ。そして、メルトの近くに着くと、そのまま歩いて町に入る。

4　挨拶回り

メルトは元門番のカイルを迎えに来て以来だが、タクマはひどく懐《なつ》かしく感じた。

道中、彼は夕夏に、ヴェルドミールに来て初めてたどり着いた町がメルトだと説明する。さらに、ここであった事件について細かく話した。

「……そうなの。そんな事があったのね。でも、その女の子は大丈夫なのかしら？」

事件とは、タクマがこの町の宿「止《と》まり木亭《ぎてい》」の看板娘、アンリに迷惑をかけてしまったというものだ。

当時粗暴《そぼう》だったタクマは、宿で暴れた悪漢《あっかん》を一方的に痛めつけ、結果としてアンリを始めとした多くの人を怯《おび》えさせてしまったのだ。

タクマは夕夏に向かって言う。

「身体の傷は治してあげたが、心の傷は分からないな。当時はすぐに町を出てしまったから」

「……じゃあ、後で顔を出してみましょ。お世話になったのなら会っておかなくちゃね」


しばらくして教会に到着した。

教会の入り口では、シスターのシエルが掃除をしている。

「あら、タクマさんじゃないですか！　お元気でしたか？」

出会ったばかりの時と変わらない優しい笑みで、タクマを迎えるシエル。彼女はすぐに夕夏とユキの存在に気がついた。

「タクマさん、その女性とお子さんは……」

「彼女は俺の妻になる夕夏と言います。この子はユキ。俺たちが引き取りました」

タクマが紹介すると、夕夏とユキがそれぞれ言う。

「初めまして、夕夏です。シエルさんですね。彼がとてもお世話になったと伺《うかが》っています」

「あうあうあー！」

すると、シエルは嬉しそうな表情を浮かべる。

「タクマさん、このヴェルドミールで伴侶《はんりょ》を見つけたのですね！」

その後、タクマたちは教会の応接室へ通された。お茶を用意してくれたシエルに、タクマはさっそく切りだす。

「実は、俺たちの結婚式に来ていただけないかと思いまして……」

式に招待したい旨を伝えると、シエルはすぐに応じてくれた。

こうして用事はあっさり終わったのだが、シエルはタクマの今の生活が気になっているようだったので、その後しばらく雑談するのだった。


「それじゃあ、式の日取りが決まったら知らせに来ますね」

「ええ。待っていますよ。タクマさん、夕夏さん、本当におめでとう」

笑顔のシエルに見送られたタクマたちは、その足で止まり木亭に向かった。

しかし、タクマの足取りは重い。どうやらあまり良い別れができていなかったのを気に病んでいるらしい。

夕夏がタクマを叱りつけるように言う。

「もう！　今さら気にしてどうするのよ？　たとえ許してもらえなくても、謝る事は必要でしょ!?」

夕夏はタクマの手をグイグイと引っ張っていった。

◇　◇　◇

あっという間に止まり木亭に到着する。

そこはタクマが以前来た時のままだった。大きいわけではないが、清潔感のある良い宿だ。タクマはその外観を見てしんみりしてしまった。

宿の前で立ち止まっていると、中から一人の女の子が出てくる。そしてタクマに気がつき、花が咲いたような笑顔で走り寄る。

「タクマさん！　タクマさんじゃないですか！」

宿の看板娘のアンリだ。

タクマは慌てて口を開く。

「げ、元気だったか？　……あの時は逃げるように出ていってしまってすまなかった。それと俺のせいで……」

タクマがいきなり謝ると、アンリは首を横に振る。

そして一瞬口ごもってから告げる。

「……もういいんです。確かにあの事件の後は人が怖くなりました。だけど、タクマさんのせいじゃありません。それよりも助けてくれたお礼を言えなくて、私悲しかったんですから」

それからアンリは事件後の事を話した。

人前に出る事さえできなくなった彼女。しかし、タクマが町から出ていく手続きをしたという男性からタクマの様子を聞き、次第に明るさを取り戻していったという。

「そうか。俺の事を気にしてくれてありがとう。俺もずっと気がかりだったんだ。だが、あんな別れ方をしたものだから近寄りづらくてな」

タクマは照れくさそうに言う。

アンリは彼の後ろに夕夏とユキがいる事に気づいた。

「あれ？　そちらの女性と赤ちゃんは？」

「ああ。今日はあの時の謝罪とは別に、大事な話があって来たんだ。スミスさんとカナンさんがいるなら一緒に聞いてほしいんだが……」

それだけ聞いてピンと来たアンリは、宿の中に向かって大声を上げる。

「お父さんお母さん、来て！　タクマさんが来ているの！」

すぐにアンリの父親のスミスと母親のカナンが出てくる。二人はタクマの顔を見るやいなや涙を流した。

スミスが涙声で、タクマに告げる。

「タクマさん！　あの時は本当に申し訳なかった！　君は何も悪くないのに、私たちは恐怖を感じてしまって……ずっと謝りたかったんだ。本当にすまん！」

スミスはひざまずいたが、タクマは慌てて立たせる。

「いえ、謝るのは俺の方です。あの時俺は力の使い方を制御《せいぎょ》できなくて……そのせいであなたたちにご迷惑を……こちらこそすみませんでした」

タクマは改めて当時の事を謝罪した。

続いて彼は今日訪れた理由を話す。

「実は俺も伴侶を得まして……謝罪と一緒に結婚の挨拶に伺ったんです」

タクマに促されるように夕夏が言う。

「初めまして。タクマさんの妻になる夕夏です。その節は彼がご迷惑をおかけしたようで……私からも謝罪をさせてください。本当にすみませんでした」

深々と頭を下げる夕夏に、三人は恐縮してしまうのだった。


その後、タクマたちは宿の中へ案内された。

入ってすぐにあったのは、かつてタクマとヴァイスが食事をした食堂だった。タクマはとても懐かしく感じる。

「どうしたの？　やっぱり懐かしい？」

尋ねてきた夕夏に、タクマは返答する。

「ああ、そう感じるよ。ヴェルドミールに来てから初めて泊まった場所だしな」

全員が席に着くと、スミスが口を開いた。

「タクマさんが結婚か……君はとても強かったが、どこか脆《もろ》そうな感じがしていた。だが、今はそれがない。きっと伴侶を得て変わったんだろうな」

タクマが首を横に振って言う。

「それだけじゃないんです。俺にはたくさんの家族ができたんです。夕夏と、他の家族たちが俺を変えてくれたんですよ」

それからタクマは家族の事を話していった。

異世界に来たばかりの時の彼しか知らなかった三人はとても驚いていた。人を遠ざけがちだったタクマが、孤児や行き場所のない者たちを引き取っているとは想像できなかったのだ。

スミスがタクマに抱かれたユキに視線を向ける。

「という事はこの子もやっぱり？　普通の人族でないのは分かるんですけど……」

「ああ、この子は人族ではないな。まあ、うちに住んでいるみんなは種族で差別したりしないから仲が良いんだ」

アンリはユキにメロメロになっていた。一生懸命ユキの気を引こうとしている。

タクマが話をまとめるように言う。

「結婚式の日取りは決まっていないのですが、決まったらすぐに知らせるので、ぜひ出席してほしいんです」

三人は二つ返事で承諾した。

それから穏やかな話が続いたが、タクマには気になる事があった。宿の雰囲気は変わっていないものの、タクマがいた頃とは決定的に違うのだ。

客がいっさいいないのである。

それに、スミスもカナンもアンリも痩《や》せたように感じる。タクマは気を遣いつつも、スミスに尋ねる。

「不躾《ぶしつけ》で申し訳ないのですが、宿は上手くいっているんでしょうか？」

「!!」

タクマの言葉に、スミスだけでなくカナンとアンリがハッとした顔をする。タクマはそれで事情を察した。

「俺のせいでそうなったんですね……本当にすみません」

慌ててスミスが首を横に振る。

「いいえ。タクマさんは悪くないんです。ですが、あの時外で見ていた者たちが悪い噂を広げてしまったようで……実はもう宿を畳もうと考えているんです」

悔しそうな表情を浮かべるスミスに、タクマは何も言う事ができなかった。

タクマは頭の中で、どうにか解決できないかと考えを巡らし、しばらくして一つの策を思いついた。

タクマは一息つくと、スミスに尋ねる。

「スミスさん。ここを畳んだら、メルトで他の仕事を探すんですか？」

「いえ。カナンとアンリとも話していたのですが……メルトを出て、他の町に移住を考えています」

「そうですか。だったらなおさら……」

彼らがここを離れるつもりなら、タクマが思いついた策はもってこいだ。後はトーランの商業ギルドに話を通しておけば問題ない。

タクマの考えというのは、スミスたちをトーランに連れていき、そこで宿屋をやってもらおうというものだった。

タクマは夕夏に耳打ちする。

「なあ、夕夏。俺はちょっとトーランに戻るから、スミスさんたちと話していてくれないか？　実はこういう事を考えていて……」

夕夏はタクマから考えを聞かされると、嬉しそうに頷く。

「スミスさんたちには私が説明しておくから」

タクマはこの場を夕夏に任せ、トーランへ向けて空間跳躍で跳んだ。

目の前でタクマが消えた事に、スミスは唖然《あぜん》としている。

「タクマさんが消えた……いったいどこに……」

「あの、タクマが戻るまでちょっと真面目な話をしませんか？」

夕夏は驚くスミスたちを落ち着かせると、タクマの考えを丁寧に説明していった。しかし、スミスはずっと複雑な表情をしたままだった。

「タクマさんの気持ちはありがたいのですけど、何でそこまで？　……あんな事があったからとはいえ、たかが数日泊まっただけの宿でしょうに……」

スミスは、タクマの考えが理解できず、不審にさえ思っていた。

だが、夕夏は分かっていた。

止まり木亭は、タクマがヴェルドミールで初めて泊まった宿。当時、不安や恐怖にさいなまれていた彼を、温かい食事と暖かい布団で癒したのがここなのだ。思い入れがあって当然だ。

夕夏は笑みを浮かべて説明する。

「彼は感情を表に出す人じゃないから分かりにくいけど、やっぱり不安だったのでしょうね。それを救ってくれたのがここなんですよ。その恩に報《むく》いようとしてるんです」

夕夏はそう説明すると、笑みを浮かべて「……不器用ですけどね」と付け加えた。スミスたちは、彼女の笑顔に釣られて笑った。

その時、スミスはふと思いだした。

タクマが出ていった夜。彼が泊まっていた部屋には大金が置かれていた。当時は迷惑料を上乗せしたくらいにしか思っていなかったが……

「夕夏さんの言う通り不器用だ……」

「彼は恩を返したいと言っていました。とにかく今は、彼が良い交渉をして帰ってくるのを待ちませんか？」

宿を続けるのは諦めていたスミスだったが、希望の光が差したと感じるのだった。

5　トーランで宿を

トーランに到着したタクマは商業ギルドに向かう。

商業ギルドの受付嬢は商人たちの相手をしていた。ドアの向こうから、タクマが向かってくるのが受付嬢の目に入る。

かなり遠くだったが、彼の様子はいつもと違って焦《あせ》っているのが分かった。

受付嬢は受付を他の子に任せると、ギルド長ブロックの所に向かう。

「ギルド長！　タクマ様がいらっしゃいます！」

「ほう？　何かいい商売でも思いついたのかのう？」

ブロックは呑気な反応をする。

受付嬢は、タクマの慌てた様子から何か切迫《せっぱく》した事態が起きた可能性があると説明した。

「ふむ……彼が焦っているとはよほどの事なのだろう。どれ、彼が来たら、そのままここへ通してくれ」

ギルド長は受付嬢にそう伝えると、長く息を吐いた。

◇　◇　◇

商業ギルドの前に到着したタクマは、中に入る前にアークスに連絡を取る。

「タクマ様。どうかなさいましたか？」

「ちょっと急ぎで頼みたい事ができた。カイルはそっちにいるか？」

カイルは元メルトの住人で、スミスたちと面識があった。彼らの窮状《きゅうじょう》を知っていたはずなのに、なぜ言わなかったのか。タクマはそれを聞きたかったのだ。

「カイルは孤児院に行っていますね。何か用でも？」

「ああ、申し訳ないんだけど、大至急、商業ギルドに来るように伝えてくれないか？」

そう言って遠話を終わらせると、タクマはギルドの中へ入っていく。

受付嬢がタクマを迎える。

「商業ギルドにようこそ。サトウ様、ギルド長にご用ですね？　執務室に行ってください。話は通してあるので」

タクマは受付嬢に後からカイルが来る事を伝え、そのまま執務室に向かう。

執務室に入ると、ブロックはすでにソファーで待っていた。

「随分《ずいぶん》急いでいるようじゃが、儂《わし》に何か用事かの？」

ブロックは柔和《にゅうわ》な笑顔でタクマを迎えた。

タクマは軽い挨拶を済ませると、さっそくスミス一家の話をする。さらに、彼らの窮状を打開するための策を打ち明けた。

ブロックはしばらく黙り、なぜか口元に笑みを浮かべて言う。

「ふむ……君が思い入れのある宿屋がそんな事になっていたと。それで、新たにやり直すためにトーランで宿を再開したいというわけか」

「その通りです。新たな宿の参入は可能ですか？」

タクマは率直に聞いた。

「トーランで宿を開くのは問題ない。問題ないどころか、不足しているのじゃ。最近この町には多くの人が流入しておる。それはこの町が発展しておるからなんじゃが……」

ブロックはそう言うと、表に出ていない情報を話しだした。

トーランに移住してきてもすぐに住人になれるわけではなく、しばらく宿で暮らしてもらい、問題がなかった者だけが家を借りられる。さらに、トーランには庶民的な宿しかないため、裕福な商人や、上級の冒険者が困っているという。

これらが宿不足の原因で、今はどうにかやり過ごしてはいるが、じきに限界を迎えるだろうとの事だった。

ちなみに、このまま人がトーランに流入し続けると町に入りきれなくなるため、領主のコラルは町の拡張を考えているらしい。

「じゃから、君の申し出は町にとっても、ギルドとしても大歓迎なのじゃ。良い土地もある事じゃし」

プロックはそう言うと、抽斗《ひきだし》から一枚の紙を取りだす。

「この紙に書いてあるのは、君が食堂をやろうとしている建物の向かいにある土地だ。君がその家族に宿を任せるなら、ここを格安で売ろうじゃないか」

さらにプロックはタクマに次のような説明をした。

通常、宿を建てるには何か月もかかる。しかし、今の状況が長引けば町の治安が悪化するため、タクマが高級宿を始めてくれればいろいろと都合が良い。

つまり、今回の話はトーランにとって願ったり叶ったりの話だったのだ。

タクマは納得して呟く。

「なるほど。トーランのためになるんですね」

「そうじゃ。一般向けの宿は増える見込みがあるんじゃが、高級宿が足りん。商人はトーランの宿に不満があって離れておる。なので、早急に対策を打たねば町の発展に悪影響が出るのじゃ」

タクマはブロックから渡された紙を見た。そこには土地の場所の他に、いろいろと書かれていた。

・宿の利用客は中流から上流の商人、またはAランク以上の冒険者
・一般的な客室の二倍の広さ
・たくさんの室数
・珍しい酒、食べ物が味わえる
・各部屋に風呂を設置

建てる高級宿に求められる条件のようだ。これを満たせる宿を作れるのは、タクマくらいしかいないだろう。

実はこの書類を作成したのは、コラルとの事だった。

「見たら分かるじゃろう？　この条件はタクマ殿が宿をやる前提で作られておる。君にやってもらえるよう話しておくとコラル様は言っておったが、その感じじゃとまだ聞いてなかったようじゃな」

「……はい。今朝、コラル様のお宅には行ったのですが、急な来客で話ができなくて……」

さすがに一国の王が来たからとは言えず、タクマは黙っておいた。

「なるほどの。そうじゃ、ここで聞いてみたらどうじゃ。君はコラル様と連絡が取れると聞いて

おる」

プロックはそう言うと席を外した。

タクマが遠話のカードを取りだして魔力を流すと、さっそくコラルが応答する。

「タクマ殿か？　今朝はすまなかった。パミル様には……」

「それよりも、ちょっと急ぎの案件がありまして、今は商業ギルドにいるんです」

その言葉を聞いたコラルは、タクマが連絡してきた用件が分かった。

「宿の事だな？」

「ええ、ちょっと詳しく教えていただけませんでしょうか？」

それからコラルは、プロックが言っていた事と同じ説明をした。

なお、コラルはタクマが宿の経営を拒否した場合、建物だけでも用意してもらうつもりだったという。

「タクマ殿が宿をやるか否かはどちらでもいい。要は、流入してくる人が泊まれるようになればいいのだ」

急激な人口増加に対して、コラルも何もしていないわけではないが、対応しきれていないのが実情だった。

「なるほど。話は分かりました。俺が宿をやろうかと思います。ただ、それには条件があるのですがよろしいですか？」

タクマはスミス一家に任せる事を提案した。タクマはオーナーとして関わり、宿の運営は彼らにやらせたいと伝える。それにあわせて、タクマが迷惑をかけたせいで、一家が大変な思いをしている事も正直に話す。

「あの一家に俺は恩があります。どうにかして再出発の手助けをしたいのです」

タクマが誠意を持って頼むと、カードの向こうのコラルは笑いながら言う。

「構わんよ。君の思う通りにすればいい。建てる宿は条件に合っていれば君に一任する。ただ、大きさ的にスミス一家だけでは手に余るだろうから、こちらで従業員を準備しよう」

「……本当に良いのですか？」

あまりにもあっさりと承諾してくれたコラルに、タクマは聞き直す。

「良いも何も、元から君に頼むつもりだったし、人員も用意しておこうと思っていたのだ」

コラルは豪快に笑った。そして、「宿をできるだけ早く用意してくれ」と言うとそのまま遠話を切った。

「後でお礼に行かないとだめだな」

タクマはそう呟いて、離席してくれたブロックを呼びに行こうとする。

そこへ、先ほど対応してくれた受付嬢がカイルを連れて現れた。カイルは執務室のソファーに腰かけ、首を傾げて尋ねる。

「アークスに言われて来たんだが、どうしたのか？」

「なあ？　メルトのスミスさんたちの事を知っていたな？」

「‼」

タクマの怒気《どき》の籠《こ》もった言葉に、カイルはギョッとした顔をする。

「なぜ言わなかった？」

すると、カイルはポツポツと話しだす。

「言わなかったのは、彼らがそう頼んできたからだ。助けてくれたお前がいづらくなる態度を取ってしまったんだ。言えるわけがないだろう。それを聞いてくるって事は……メルトで会ったんだな？」

「ああ……もうメルトの宿は閉めるらしい。だけど、宿に対してまだ未練があると思うんだ。客がいない宿をとてもきれいに維持していたからな。だから俺は、あの人たちをトーランに連れてくる事にした。スミスさんたちもメルトから離れるつもりだったみたいだし」

俯《うつむ》いていたカイルが顔を上げて聞く。

「そうなのか⁉　スミスさんたちは宿ができるのか？」

「ああ。あっちでやっている宿とは規模が違うから人を雇う事になるだろうが、トーランで宿をやってもらうつもりだ。運営の費用は俺が出す」

カイルはそれを聞いて安心したようで、ソファーにもたれかかった。

そして小さな声で呟く。

「良かった……本当に良かった」

タクマは、ブロックとの話にもカイルを同席させる事にした。きっと知っておきたいだろうと思ったからだ。

受付嬢に声をかけ、ブロックを呼んでもらうように頼んで二人で待つ。


「コラル様との話は済んだみたいじゃの」

ブロックはそう言ってソファーに座る。

それからカイルに視線を向けた。

「そちらは孤児院で体術を教えている男性か？　儂はこのギルドで責任者をしているブロックじゃ」

「はい。俺はカイルと言います。こいつの……いや、タクマの家族の一人です」

その後、本題へ入る。

ブロックが問題点を指摘する。

「商業ギルドとしては、君が宿をやっていくなら、商会の手続きをしてもらわねばならんと考えている。食事処を運営し、さらに宿まで持つ事になるのだ。今の君の資格では難しい」

タクマのギルド証は、未だに「行商人」となっている。これから二店舗をやっていくならギルド証のグレードアップが必要だった。

「そうですか。でも、良い機会かもしれませんね。分かりました、商会を立ち上げようかと思います」

　タクマは了承して、ブロックに手続きを頼んだ。

　ブロックが手を叩くと受付嬢が入ってくる。

「タクマ・サトウ様のギルド証のグレードを最高位に」

「はい。サトウ様、今持っておられるギルド証をもらえますか？　手続きをして新しいギルド証をお持ちします」

　タクマは受付嬢にギルド証を預けた。

「流れるように話が進みますね。まるでこうなると分かっていたようだ」

　タクマが疑問を口にすると、ブロックが答える。

「商会を興《おこ》すのは時間の問題じゃったろ？　君はコラル様に『家族の幸せのためなら自重《じちょう》しない』と言ったそうじゃな。君たちは今トーランに住んでるわけではないが、活動の拠点はトーランにある。君の家族が快適に暮らしていくには、どうしても商会を興さざるをえないと踏んでおったのじゃ」

　ブロックは根っからの商人である。タクマが商会を興す事で町が大きくなり、自分たちも潤《うるお》うと判断していたという。

　カイルがタクマに小声で話しかける。

「商会を興すって……普通そこまでするか？　お前、トーランで何したんだ？」

「そんなすごい事をした覚えはないんだけどな……たぶん、他の商人たちにも旨味のある事をしていたのが原因なんだろう」

タクマはこれまで、孤児院や風呂を作ったり、薬草を栽培したりしてきた。他にも自分の店を持ったり、学校を建てたりなど、まったく自重していなかった。

しばらくして受付嬢が新しいギルド証を持ってくる。

「サトウ様。こちらが商業ギルド証となります」

渡されたカードは真っ黒な金属の板だった。

「黒？」

「そうじゃ。商業ギルドでは黒が一番高いカードとなる。商売に関する物なら何でも扱う事のできるカードじゃ。複製されぬよう、所有者を識別できるようになっておる」

ブロックがタクマが持っているカードを手に取ると、黒かったカードが赤く変化した。

「このように、本人以外だと色が変わるのじゃ」

赤くなったカードをタクマに戻すと、元の黒色に戻った。

「さあ、これでどんな商売をしても大丈夫じゃ。まあ、犯罪に関する事を商《あきな》いにした場合は、厳しい罰が下るがの」

その後、話はいよいよ宿の事に移った。

ブロックがタクマに尋ねる。

「それで宿の運営については、君が連れてくる一家がやるという事で良いんじゃな？」

「ええ。大丈夫です」

スミス一家には申し訳ないが、雇われ店主になってもらう。

タクマは、宿の運営にほとんど口を出すつもりはなかったが、宿の名義がタクマなので自動的にそうなってしまうのだ。

「では、従業員はどうする？」

「それはコラル様の方でやってもらえるそうです」

タクマがそう答えると、プロックは笑みを浮かべて言う。

「ふむ……それでは、儂も個人的に一枚噛ませてもらえんか？　商業ギルドから、経営に明るい者を相談役として差し向けよう」

タクマとしてもそれは嬉しいが、基本的な権限はスミス一家が持っている事を強調しておいた。するとプロックは笑いながら「大丈夫だ」と言い、さらに続ける。

「こちらが行かせる者が権限を侵す事は絶対にないのう。なぜなら……行くのは儂自身じゃからな」

タクマとカイルは驚きを隠せなかった。

「なぜ、あなたが直々に？」

タクマが動揺しながら聞くと、プロックは穏やかな口調で話し始める。

「儂もそろそろ引退の時期なのじゃ。隠居《いんきょ》しようと思っておったのじゃが、町が発展しようというこの時に、外から見るのはつまらん。君が用意する宿がどんなもので、宿を見たお客がどんな顔をするのか気になるしの。どうじゃ？　儂なら相談役としてもふさわしいと思うんじゃが？　引退をするよりも面白そうじゃし」

　ブロックは最後に、「商人の端くれとして手助けをしたいのだ」と笑った。

　タクマは呆れつつ言う。

「面白い……ですか。まあ、他とは一線を画《かく》した宿にしたいとは思っていますが、本当に良いのですか？」

「うむ。面白いは正義じゃ。君がやろうとしている事を近くで見たいしの。長い付き合いになりそうじゃし、よろしくお願いするのじゃ。タクマ商会長」

　ブロックはそう言って手を差しだす。

　ブロックの考えは変わりそうにない、そう理解したタクマは握手に応じた。

「まあ、あなたがそうしたいのであれば、俺はお願いするしかありませんね。ただ、のんびりはできないでしょうが」

　カイルは話の展開についていけずに黙っているしかなかった。

6　スミス一家の移住

話を終えてギルドの外へ出たタクマたちは、さっそくメルトに戻る事にした。

カイルがタクマに尋ねる。

「タクマ。スミスさんたちは、宿を始めるまではどうやって生活するんだ？」

「そうだな……俺の家でゆっくりしてもらおうと思ってる。ただ、メルトの宿を廃業するにも手続きがいるだろうからな。数日はかかるんじゃないか？」

そんな会話をしながら、タクマはカイルと一緒にメルトへ跳んだ。


止まり木亭の食堂に着く。夕夏とスミス一家は和気藹々《わきあいあい》と話をしていた。夕夏がタクマに声をかける。

「おかえりタクマ。どうだったの？」

「ああ、とりあえずトーランで宿をやれる事になった。いろいろ条件はあったけどな」

そう言ってタクマは席に着いた。カイルはみんなと挨拶を交わし、近くの椅子を持ってきて座る。

さっそく本題に入るべく、タクマがスミスに尋ねる。

「まず、スミスさんたちは移住には問題ないんですよね？」

「ええ、もちろん。ところで、さっきちゃんと言ってなかったのですが、実はこの宿、すでに廃業してるんです。出ていくまではきれいにしておきたかったから、掃除は欠かさなかったのですけど……」

なんと、すでに運営資金は底をつき、建物はギルドに売ってしまっていたそうだ。

行き先が決まるまでいても良いと猶予《ゆうよ》を与えられているので、今は住まわせてもらっているに過ぎないという。

「なるほど。それで近いうちに引っ越しを？」

「ええ、せっかくだし、旅をしながら定住地を探そうと考えていたんです」

スミス一家は行き先も決めずに旅立つつもりだったらしい。タクマは間に合って良かったと安堵《あんど》する。

「だったら、しばらくは俺の家に来ませんか？　トーランに行って宿をやる許可はギルドからもらっています。宿の用意ができるまで、うちでゆっくりしてはどうでしょう？」

タクマの提案に、スミスは不安そうな表情を見せる。

「タクマさん。ユウカさんから話は聞いていたのですが、本当に許可を取ってくれたんですね。とてもありがたい事だと思うものの……私たちには宿を運営していく資金がないのです。せっかくなのですが……」

断ろうとするスミスの言葉を、タクマは手を前に出して止める。

「資金に関しては問題ありません。なぜなら、宿自体の権利は俺にあるので。要は、俺がやろうとしている宿の責任者として、スミスさんたちを雇いたいんですよ」

続けてタクマは、そこに至った経緯を丁寧に説明した。

一通り話し終えると、アンリが驚いて声を上げる。

「……え？　タクマさん、商会を立ち上げたの？」

「ああ、食堂と宿をやっていくとなると、商会を興すしかなかったんだ」

スミスは申し訳なさそうな表情をしていた。自分たちのせいで、タクマに面倒をかけてしまったと思っているようだ。

タクマは誤解を解くべく、宿は元からコラルがタクマに頼もうとしたもので、スミスたちは関係ないと伝えた。さらに商会を興したのは、将来的にやらないといけなかったので、これもスミスたちが申し訳なさを感じる必要はないと説明する。

宿の概要を話していくと、スミスたちは目を輝かせ始めた。

雇われとはいえ、生きがいであった宿がまたできるのだ。それに加えて、タクマの出した条件はとても良いものだった。給金もそうだが、それ以外の待遇も素晴らしいものだと言えた。

タクマがスミスに尋ねる。

「どうですか？　ここことは勝手が違うでしょうが、やりがいはあると思うんです。俺としては、スミスさんたちが良ければ来ていただきたいと思っています」

「……私たちで良いのでしょうか？」

スミスは心配そうに確認する。

「ええ、もちろんです。俺の商会の宿をやってください」

タクマが手を差しだすと、スミスは握手に応じた。それを見ていたアンリとカナンは目を潤ませる。アンリがカナンに声をかける。

「また宿がやれるんだよ、お母さん」

「ええ、ええ！　これほど嬉しい事はないわ。あなた……良かったわね……」

スミスも目頭が熱くなっていた。

「ああ、生きがいを失ってどうしようと思っていたが、タクマさんのおかげでやり直せる」

肩を抱き合って喜ぶ三人。

夕夏はその姿を見ながら、笑顔でタクマに話しかける。

「良かったわね。応じてくれて」

「ああ、俺が勝手に先走ってしまった感は否《いな》めないがな。それでも上手くいくように、お前が話してくれたんだろ」

タクマは夕夏の頭にポンッと触れた。

ふとカイルの方を見ると……号泣である。

「三人とも良かったなぁ……グス……」

タクマはカイルに引きつつ、スミス一家が落ち着くまで待つのだった。

しばらくして、タクマが話を切りだす。

「では、引っ越しの話をしましょうか。宿の準備が整いしだいそちらに越してもらうつもりではあるんですが、それまでは俺の家でゆっくりしてもらおうと思っています。まあ、人が多いので静かに過ごすのは難しいでしょうが……」

タクマが苦笑いするとアンリが言う。

「引き取ったお子さんが多いんですよね？　私もそうですけど、父と母も子供は好きですから大丈夫です」

これで引っ越しするのも問題なさそうだと安堵したものの、タクマはふと思いだした。アンリは町の門番に支えられて立ち直ったと言っていたが……

「なあ、アンリさん。引っ越しするのは問題ないとして、君を支えてくれたという門番の男性はどうするんだ？」

すると、アンリは少し残念そうな表情になったまま黙ってしまった。

事情を察した夕夏が、アンリを連れて外へ出る。

「アンリさん、その門番さんの事が好きなんでしょ？　だったら、しっかり話をしておかないと後悔するわよ」

夕夏の言葉に、アンリは悲しそうな顔で話しだした。

「彼……マークっていうんですけど、彼の事は好きです。だけど、私の都合に付き合わせるなんてできないです」

マークは真面目な青年で、町を守る事を誇りに思っている。アンリはそんなマークに迷惑はかけられないと、町を出る事を言えずにいたという。

夕夏がアンリの頭を撫でると、アンリは困惑げに声を上げる。

「ユウカさん？」

「若いっていいわね……でもね、町を出る事と自分の気持ちは伝えておかないと。彼がどういった選択をするかは分からないけど、このまま縁が切れてしまったらどちらも不幸になるだけ。二人の未来もかかっているんだから、しっかりと話し合うべきよ」

アンリは俯き、夕夏の言葉を噛み締めるようにしていた。

アンリがおもむろに顔を上げる。

「ユウカさん！　私……今から彼と話してきます。町を出る事を伝えて、彼への気持ちをぶつけてきます！」

「分かったわ。時間は気にしないでしっかりね。頑張って！」

「はい！」

決心をしたアンリは、マークのいる門の方へ走っていった。

戻ってきた夕夏にスミスが言う。

「ユウカさん。アンリに私たちが言えなかった事を伝えていただき、ありがとうございます」

スミスとカナンはそろって頭を下げた。

二人はアンリの事を心配していた。宿を続けられなかった事で、彼女の将来をだめにしてしまったと思っていたのだ。

夕夏は二人に向かって言う。

「いえ。私はアンリさんが納得するなら、どちらでも良かったんですけど……あの表情では絶対後悔すると思ったんです。タクマ、これで良かったわよね？」

「ああ、スミスさんが認めているなら、俺は問題ないぞ」

夕夏に問われたタクマはそう言って頷く。

一方、そんなやりとりを見ていたカイルは、いまいち状況が理解できていなかった。

「なあ？　アンリを支えていた奴って誰だ？」

「マークさんっていう門番をしている青年だそうよ」

カイルの質問に夕夏が答えると、カイルは驚いて声を上げた。

「マークだって!?　あいつがアンリを支えた!?」

「知り合いなの？　とにかくそうらしいわね。あと、アンリさんもマークさんの事が好きみたい。今、彼の所へ行ってすべてを話してくるそうよ」

カイルは落ち着きを取り戻し、ゆっくりと告げる。

「そうか、マークの奴か……確かにあいつは衛兵の仕事に誇りを持ってはいるが、惚れた女の気持ちが分からないほど馬鹿じゃない。アンリが何を話すか分からんが、きっと良い方に進むと思う」

カイルは元同僚のマークの事をよく知っていた。

真面目で一途《いちず》な男であるマーク。そんな彼がアンリを支えていたとなると、マークの気持ちもアンリに向いているに違いない。好きでもない女性を支えられるほどマークは器用ではないと、カイルは考えていた。

「そうか。ともかく準備を進めながら待とう」

タクマはそう言うと、引っ越しの準備を進めておく事にした。


三時間後。

スミスたちは私室から食堂へ荷物を運び込んでいく。三人の荷物は多くはなかったのであっという間に片づけが終わった。

タクマたちが食堂で話をしながら待っていると、入り口の扉が開かれる。

幸せそうな笑顔のアンリと、照れくさそうな表情のマークが入ってきた。

マークは背に大きな麻袋を担いでいた。アンリと一緒に行く決心をしたというマークの表情は清々《すがすが》しいものだった。

カイルが驚いて声をかける。

「マーク。お前本当に良いのか？」

カイルはマークの仕事への思い入れを知っていたので、門番を辞めるとは思っていなかった。

マークがさわやかな笑顔で答える。

「もちろんだよ。アンリがこの町を出るなら、僕も行くと決めていたんだ」

「そうか……じゃあこれからはアンリたちを守るんだぞ。幸せにな」

カイルは笑みを浮かべてマークの肩を叩いた。

その後、そろって町を出る事になった。

スミスとカナンは宿の鍵を商業ギルドに戻しに行くため、門の外で合流する事になり、カイルは先にアークスに報告してもらうためタクマが空間跳躍で帰した。

タクマ、夕夏、アンリ、マークはゆっくりと門の方へ歩きだす。

「そういえば、タクマさんはどうやってここまで来たんですか？　トーランはかなり遠いはずですけど」

歩いている途中、アンリは疑問をタクマにぶつけた。

タクマがどう答えようか思案していると、夕夏が代わりに説明する。

「あなたもさっき見たでしょ？　ただ、あれは町の中では使わないの。町に入ったのに出た記録がないとまずいからね。でもタクマが見せたって事は、みんなタクマに信頼されているんだと思うわ」

「信頼？」

「ええ、タクマはあなたたちを信頼し、家族として迎えるつもりなの。血はつながってなくともね。家族を助けるのに理由はいらないもの」

アンリがタクマを見ると、彼は恥ずかしそうに頷いた。


町の出入り口である門に到着する。

タクマと夕夏は手早く手続きを済ませて町の外に出た。マークとアンリは門番の青年たちから祝福を受けていた。

タクマがそれを見て微笑ましそうにしていると、アークスから遠話が届く。

「タクマ様。カイルさんから話を聞きました」

「ああ、報告が遅れてすまん。スミスさん一家三人とその娘の婚約者を入れて、全部で四人なんだが大丈夫か？」

「お気になさらずとも問題ありません。準備を整えてお待ちしております」

スミスたちを迎える準備はアークスに任せておけば大丈夫だろう。そう考えたタクマがアンリとマークの方に目を向ける。ちょうどそこへ、スミスとカナンがやって来ていた。

合流を果たしたタクマたち一行は、人気《ひとけ》がない所まで移動して森へ入る。

「さあ、ここで良いか。じゃあ、家に帰るぞ」

スミス、カナン、アンリはこの後何が起きるか何となく分かっていたが、マークは不思議そうにキョロキョロしている。

タクマは全員を範囲指定して自宅に跳んだ。

◇ ◇ ◇

自宅の庭に到着すると、そこには子供たちが集まっていた。アークスから客が来ると聞かされ、楽しみにして待ち構えていたのだ。

「おとーさん！　おかえりー！」

「おかえり！」

飛びついてきた子供たちを、タクマは優しく撫でる。

「ただいま。いつも通り元気で良いな。今日から家族の一員になるスミスさんたちだ。ご挨拶しようか」

タクマにそう促された子供たちは、スミスたちに向き合った。

スミスたちの方から声をかける。

「初めまして。私はスミスと言います。お世話になります」

「私はカナン。このおじさんの妻よ。よろしくね」

「私はアンリよ。みんなよろしくね」

「僕はマーク。よろしくお願いします」

無事挨拶が交わされると、タクマは子供たちに彼らを家まで案内するようにお願いした。子供たちがスミスたちの手を引いていく。

「おじちゃんこっち！」

「おばちゃん、今日はね、歓迎会なんだよ！　ご馳走《ちそう》なの！」

「おねえちゃん、お家に着いたらあそぼ！」

「おにいちゃん強い？　筋肉すごいねぇ」

子供たちは来客が嬉しいので、すごくはしゃいでいる。スミスたちは子供たちのなすがままになっていた。

居間には、タクマの家族たちが勢ぞろいしていた。たくさんの料理がテーブルに並び、歓迎の準備は万端だ。

タクマの家族の中で女性のまとめ役であるファリンがタクマに話しかける。

「食堂のメニューを試作していたのが役に立ったわね」

「なるほど。何でこんな早く歓迎の準備ができるかと不思議だったが……そういう事か」

タクマは驚きながら、家族に向かって告げる。

「みんな。今日から俺たちの家族の一員になるスミスさんたちだ。仲良くしてやってくれ。実は彼らにはトーランでやってもらう事があるから、住む所はここじゃないんだが、準備ができるまでゆっくりしてもらうつもりなんだ」

タクマの言葉を皮切りに、家族たちはスミスたちを質問攻めにするのだった。

第②章

宿の立ち上げ

7　歓迎会

歓迎会は成功で、スミス一家はタクマの家族とすっかり馴染んでいた。

カナンとアンリは子供たちに懐かれて嬉しそうにしており、スミスとマークはカイルと酒を酌《く》み交わしている。

そんな光景を見ていたタクマに、夕夏が話しかける。

「大丈夫そうね。あの様子なら上手くやっていけるわ」

「ああ、スミスさんたちの人柄は知っていたから不安はなかったよ」

タクマはそう言うと、ふと思いだしたように告げる。

「夕夏。そういえば、明日は一緒にコラル様の所に行く事にしたからそのつもりでいてくれ。宿の事も話すが、俺たちの式について話したいんだ」

「分かったわ。だったら、ミカに明日の事を頼まないと」

夕夏はそう言うと、さっそくミカの所へ行った。

それからタクマはアークスを呼びつけ、この場を使用人たちに任せて、アークスと二人で執務室へ移動する。

それぞれソファーに座ると、タクマはギルドで決まった事をアークスに話した。カイルからある程度話を聞いていたアークスは、表情を変える事はなかった。

「なるほど。商会を興したのですね」

「ああ。遅かれ早かれこうなっていただろうしな」

アークスはタクマの決断を支持した。そもそもアークスはかねてから商会を興すべきだったと言っていた。彼としてはその方がタクマをフォローしやすかったのだ。

「それにしても、商業ギルド長の席を退《しりぞ》いて宿の相談役ですか……あの方も随分と思いきりましたね」

アークスは、プロックの行動に驚きを隠せないでいた。プロックがタクマに興味を示していたのは前から知っていたが、職を辞してまで近づいてくるとは思っていなかった。

アークスは、そんなプロックを利用できないかと思案を始める。そして、考えがまとまったところで提案する。

「彼に宿の相談役をさせるだけではもったいないですね。いっその事、新しく興した商会自体の相談役になってもらうのはいかがでしょうか。商会を盤石《ばんじゃく》にするには、あの方の知識や経験は有用だと思います」

すると、タクマは懸念を示す。

「アークスは危険性を分かって言っているんだよな？」

タクマも同じように考えたが、自分の情報が漏らされるのを恐れてやめたのだ。

しかしアークスは、ブロックと結ぶ契約内容を厳しくすれば問題ないと言い募《つの》る。そして、その契約を任せてほしいと頭を下げた。

やる気になっているアークスを見たタクマは、彼にすべて一任する事にした。

「お任せください。タクマ様の秘密が漏れないようにしっかりとした契約書を作成し、ギルド長との雇用契約を結んでみせます」

その後、タクマは一息ついて言う。

「……とりあえず決まっているのはこのくらいかな。宿に関しては明日にコラル様と話す予定なんだ。それと式の事もあるらしいから、夕夏と一緒に行って話を聞いてくるよ」

「分かりました。では、タクマ様がコラル様と話をしている間に、ギルド長との雇用契約を結んでおきましょう」

アークスはそう言って足早に退室していった。


タクマはみんながいる居間に戻る。

彼の目に入ってきたのは、大人たちが酔いつぶれて雑魚寝《ざこね》している姿だった。

みんなとても楽しかったようで、その表情は清々しい。女性陣はすでに自分の家や部屋に戻っていた。

　タクマは倒れている人たちに毛布をかけるよう使用人に頼み、寝室に戻った。

「お疲れ様。アークスさんとの話は終わった？」

「ああ。商会に関してはまったく問題なく受け入れてくれた。それと、宿の相談役として頼もうとしていたギルド長は、商会の相談役も頼む事になった」

　タクマは、先ほどアークスと話した内容を夕夏に伝えた。

「そっか……こっちでは魔法で縛る契約書が存在しているものね。守秘義務の契約をすれば、タクマの秘密は漏れる心配はないというわけね」

「アークスはかなりやる気になっていたから、任せておいて問題はないだろう」

　それから宿の話になった。

　タクマは夕夏に、どんな宿を運営していくつもりなのか、丁寧に説明していった。夕夏は楽しそうに口にする。

「良いわね、それ！　絶対にこの世界の人たちは見た事がない宿になるわ。だったらこんなのはどう？」

　夕夏は、宿をさらに良くするためのアイデアを提案した。タクマと夕夏は、そんなふうにして夜遅くまで宿の話で盛り上がるのだった。

8　打ち合わせ

翌朝、タクマと夕夏はコラルの邸を訪れた。

まずは、結婚式の打ち合わせからである。

当日、店を出発したタクマたちは特製の馬車に乗って教会に移動する。その際、二人を運ぶのは、ヴァイスとゲール。その他の守護獣もタクマの近くにいられるように、台を用意してくれているという。

コラルはその後の式の流れを説明する。

「教会に到着したら、女神像の前で永遠の愛を誓ってもらう。この時の言葉は、君たちからもらった資料から使わせてもらう。完璧には同じにできないが、極力近づけるように頼んである」

タクマは事前に、日本の結婚式の資料をコラルに渡していた。タクマと夕夏の式は、それに沿って進められるようだ。

教会での式が終わると、次は披露宴《ひろうえん》だ。

宴《うたげ》はタクマの食堂で行われ、料理や給仕はタクマの家族とコラルの使用人たちが担当するという。

参加者は制限せず、来た人すべてを歓迎するという形にするそうだ。

「なるほど。いろんな人に祝福されるのは嬉しいですが、参加が自由なのは危険では？　式にはパミル様も来ますよね？」

タクマがそう指摘すると、コラルは首を横に振って否定する。

「今のトーランの警備では、パミル様の出席は難しいかもしれん。だが、それを解決する方法がある。ダンジョンコアを使って、町に潜《ひそ》む悪意を監視すれば良いのだ。ダンジョンコアの範囲を広げれば、それも可能となるだろう」

コラルは事前にダンジョンコアと話し合っており、町の大きさを変更する際にそのシステムを導入する事にしていた。

「なるほど。では、町の拡大は式の前にやらないといけないのですね」

「そうだ。結婚式は、ダンジョンコアでの管理と町の拡大を前提としている。それをしてしまえば、披露宴で誰が来ても安全を保てる」

今のトーランは多くの人が流れ込み、すでに問題が起きている。コラルはそうした問題を、タクマたちの結婚式で解決するつもりだった。

コラルはタクマに向かって言う。

「これなら町の治安も良くなるし、君たちの結婚式も盛大にできる。どうだ？　実現不可能ではないだろう？」

「ええ、確かに」

タクマは多少の不安を感じていたが、横にいる夕夏は嬉しそうだった。たくさんの人に祝ってもらえると聞いてテンションが上がっているのだ。

その後も細々《こまごま》とした話をし、結婚式の打ち合わせは終わった。

コラルが話題を切り替える。

「では、次に宿だ。できるだけ景観に沿った宿にしてほしいと思っているのだが、タクマ殿はどのような宿を考えているのだ？」

「景観……じゃあ、俺たちの考えていたアイデアはだめか」

「そうね、気にするべきだったわね」

タクマと夕夏は顔を歪《ゆが》めた。

実は昨晩話し込み、和風旅館にしようと二人で決めたのだった。しかし、和風旅館では異世界の街並みにそぐわない。

タクマは残念そうに言う。

「コラル様。考えていた宿は景観に合わないので、再検討させてください、ただ、中の部屋とかは自由にしても良いですか？」

外見でNGとなってしまったが、和風旅館は捨てがたい。景観との調和を言われては仕方がないので、せめて中だけは和風でいきたいとそれとなく主張した。

「内装は好きにして構わない。だが、君がやりたいという宿はどんな外見なのだ？」

コラルは二人がボツにした案が気になった。

タクマがだめ元で説明すると、コラルは悩みだした。

「うーむ、興味をそそられるな。タクマ殿がそこまでこだわる宿……」

タクマは追撃とばかりに言う。

「この建物は世界に一つしかないと思います。話題という部分では絶対に良いと思うんですよ。周囲の景観とはギャップがありますが……」

すると、コラルは決心した。

「外観に関しては思いきってみるか。町の民も見慣れるだろうし。何よりタクマ殿とユウカ殿がこだわる宿を見てみたくなった。よし、自由にやってくれ！」

タクマたちが喜んでいると、コラルはさらに質問する。

「で？　二人がやろうとしている宿は何推しにするのだ？　食事？　サービス？　外見の他に客が喜ぶ何かがあれば良いのだが」

コラルの言葉に、二人は声をそろえて答える。

「「温泉です！」」

二人の勢いに気圧され、コラルは引き気味に聞き直す。

「オンセン？　それはいったい何なのだ？」

「え？　コラル様も知っているはずですが……孤児院にある風呂が温泉ですよ」

「ん？　孤児院の風呂は、魔道具か何かで湯を出しているのではないのか？」

タクマは、温泉についてこれまでコラルにちゃんと説明していなかった事に気がつく。

「温泉というのは高い温度の湧き水の事で、要は地下水が地熱によって熱せられたものなんですよ。その地下水に溶けだした物質によって、身体の不調が治ったりするんです。ただ、すぐに効果が出るというものではなく、長く逗留《とうりゅう》して入り続けないといけないですが」

タクマの説明を聞いたコラルは、宿の売りとしてとても良いと考えた。風呂を付けるというだけでステータスになる。それが身体の不調に効くとなると――絶対に流行《はや》ると確信したのだ。

そうして宿の売りが決定し、次の話題へ移る。

「さて、話しておかなければならん事がもう一つある。これができない事には宿も結婚式も進まん」

コラルが話しだしたのは、町の拡張についてだ。

多くの人員で行うはずの拡張工事を、タクマを使って速《すみ》やかに行ってしまうという。

元々、旧市街の壁を強化する計画はあったが、旧市街と新市街をダンジョンコアで管理する事が決まった今、人口急増への対応も一緒にやってしまうというわけである。

「で、だ。今回の拡張で、町の面積を数倍にしようと思っている。本来は工事を町の職人などに振るのだが、今は早急に対応をしなければならんからな」

町を拡張して住宅を増やさねば、困った事になってしまう。宿に入れなかった者たちが野宿を始めてしまっているのだ。

なお、拡張工事を職人たちに振れないが、住宅工事の方で活躍してもらうつもりだという。

「では、町の拡張で職人たちと揉める事はないのですね？」

「ああ、その辺はすでに話を通してある。職人たちは住宅の方を任せてもらえれば、文句はないとの事だ」

コラルは職人たちに根回しを済ませていた。

「分かりました。早めに拡張して、宿の方に取りかかります。それでよろしいでしょうか？」

「その順番で構わない。拡張工事の代金は正規の金額で支払わせてもらうからな」

タクマの場合、スキルで拡張を行うので金額を算出しづらい。コラルは、通常の職人たちが行った場合の材料費と工賃をタクマに支払うという事にしてくれた。

「どのくらいまで拡張しますか？」

タクマが拡張の規模を聞くと、コラルは地図を取りだして説明していく。

「今のトーランは旧市街を除くと３km《キロメートル》四方だが、これを６km四方にしてもらいたい。そして、旧市街は直接森へ行けるようにしてもらう。エルフが出入りしづらくなるのはあまり良くないからな」

「分かりました。では、こんな感じでどうでしょうか？」

タクマは地図に旧市街を角《かど》にして拡張する範囲を書き込んだ。

コラルも同じ事を考えていたので、その方法でいく事になった。

「後は一気に拡張するつもりですから、町の人たちへの説明をお願いしたいです。多分に混乱を招く可能性がありますから」

タクマは、拡張時は結界を使い派手にならないように気をつけるつもりでいたが、混乱は免《まぬが》れないだろうと考えていた。だからこそ、あらかじめ住人たちに工事がある事を言っておいてほしかったのだ。

「そうだな。通知は必要だろう。拡張に関してはそれでいい。後は拡張後の町の防衛についてだ。先日頼んだ結界についてはどうだ？」

タクマは結界についてはいろいろ考えているが、どう導入するかを悩んでいた。

「結界はひとまず置いておいて、犯罪抑止として、明確な悪意・殺意を持った者は町の中に入れないようにしますか？　町の出入り手続きをする際に判明するようにしたいですね。万が一押し入ろうとした場合は、電撃で制圧という事で」

「なるほど。犯罪をしてるしてないだけでなく、殺意や悪意を持っている時点で町に入る事ができないというものだな？」

「そうです。これはダンジョンコアと相談した方が良いですね」

タクマは、出入りの手続きをもっと合理的にしたいと思っていた。従来の方式を必要とする人間もいるので、その人員は配置する必要はあるのだが……

それをコラルに説明すると、「町の安全が保てるなら」と許可してくれた。

「町の拡張と防衛については問題ないな。後はそれを実行する時期だが……」

コラルはいつ実行するのかをタクマに確認する。

タクマは住民たちに通知する時間を考え、「三日後でどうか……」と聞くと、コラルからは「問題ない」という答えが返ってきた。

「では、その日までに住人たちに工事の通知をしておこう」

「ありがとうございます」

その後、タクマは再教育中のエルフたちの事を聞いた。

全員真面目に講義を受け、少しずつトーランの常識を覚えているそうだ。他種族の人たちへの差別意識はほとんどなくなっているという。

「このまま講義が進めば、あと一月程で再教育は終わるだろう。エルフたちも町に慣れてきているので、門の開放時間も長くなる。そして将来的には旧市街の門を開けっぱなしにして、旧市街への出入りも制限なしにするつもりだ」

コラルは、エルフたちの事を考え、門を撤去するのはまだ先にするらしい。だが、いつまでも区別をするのは良くないので、段階的に制限を緩めるそうだ。

「それなら混乱は起こりづらいですね。気を遣っていただきありがとうございます」

「構わんよ。移住したエルフたちも、私の町の大事な住人だしな。できるだけ過ごしやすいようにやっていくつもりだ。タクマ殿には負担を強いるが、よろしく頼む」

コラルはそう言って手を差しだす。タクマはその手をしっかりと握って、握手を交わすのだった。

9　宿の設置

コラルとの打ち合わせを終えたタクマたちは、まっすぐ自宅に戻った。

町の拡張を始める日までに、宿の準備をしなければならない。従業員はコラルが用意してくれるから問題ないが、建物がなければ意味がない。

タクマは執務室のソファーに座り、ＰＣを取りだして異世界商店を起動する。

「さて、どんな物件があるか見てみよう」

検索ワードとして「和風旅館」「温泉」を入力して商品を絞り込んでいく。

画面には五十棟ほど表示された。その中で目に留まったのは、いかにも な日本建築である。タクマはその建物を詳しく見てみた。

商品名は「二階建て和風旅館」。

但《ただ》し書《が》きに、「空間拡張機能」と書かれている。その説明を読んでみると、購入者の魔力によって部屋数を自由に増やせると書いてあった。部屋の広さも魔力で自由自在だという。まるでタクマのためにあるような物件だ。

部屋はすべて和室で空調が完備され、各部屋には魔道具のインターホン、明かりが付いている。和風旅館だが、寝具はベッド。最高級のベッドだ。

何より、この宿の最大の売りは温泉である。

魔力を流すと自動で温泉を掘ってくれる。風呂の付いた部屋が多数あり、その他に大浴場が二つ備えつけられているという。

鍵を持って出ると自動的に部屋がクリアで浄化されるというおまけまで付いていた。

「ねえ、タクマ。これって絶対ヴェルド様が……」

でたらめな仕様の旅館を見た夕夏が顔を引きつらせて言うが、タクマも分かっていた。

「言うな。分かってる……たぶん俺と夕夏が話したのを聞いていたんだ。だからこそ、俺たちの目に留まりやすい建物の外観をしているんだろう」

それからタクマは、旅館の説明文の最後のところを夕夏に見せる。


この物件は私からのご褒美《ほうび》だと思ってください。

これまでタクマさんは、私の勝手なお願いを完遂してくれました。

そのお礼として、あなたの能力で拡張できる宿を用意しました。これを使って素晴らしい宿を営

んでくださいね。　ヴェルド

「私たちが言っても説得力はないんでしょうけど、ヴェルド様には自重という言葉を教えた方が良いのかもしれないわね」

「そうだな。だが、この宿ならコラル様の言う条件をパスする事は確実だ。どうする？　他も見てみるか？」

タクマが尋ねると、夕夏は首を横に振る。

「初めにその旅館を見たのは失敗だったわね。ここまで至れり尽くせりだと、これ以外ないと思っちゃうもの」

結局この宿を購入する事にした。

さっそく手続きを進め、カートの中に送る。

[魔力量]　　　　　　　　　　　：∞
[カート内]
二階建て和風旅館（空間拡張機能付き）：25億
[合計]　　　　　　　　　　　　：25億

「さすがにすごい魔力の消費だ。まあ買うけど……」

タクマはあまりの魔力消費に呆れながらも、購入した旅館をアイテムボックスへ送った。


続いて、次の準備を行う。

それは拡張範囲の指定だ。当日ノリで決めても良いが、ナビに手伝ってもらって前準備をしておく事にした。

タクマはマップを起動させてナビを呼ぶ。

「ナビ。コラル様との会話は聞いていたな？　あの条件で拡張範囲を見せてくれるか？」

「分かりました。こちらになります」

ナビはマップに、トーランの今の範囲を青、拡張予定の範囲を赤で表示させた。

タクマはそれを見ながら呟く。

「町の外は整地されてないんだよなぁ。拡張時に整地もしないといけないけど……いや、それ以前にその間の人の出入りをどうするか聞いてなかったな」

「だったら聞いてみたら？　コラル様と連絡はできるのでしょう？」

夕夏のアドバイス通り、コラルに確認する事にした。

タクマは遠話のカードを出して魔力を流す。

「タクマ殿か？　どうした？」

「確認したい事がありまして……」

コラルによると、工事を行う日は人の出入りを禁止にするそうだ。あらゆる人の移動を制限し、町から離れた街道には警備隊を配置するという事だった。

「分かりました。あと、明日にでも宿について話したいので、時間を取っていただけますか？」

「了解した。明日はいろいろと準備で立て込んでいるので、夜でいいだろうか？」

ついでに翌日の夜に伺うと言って、タクマは遠話を終わらせるのだった。

◇　◇　◇

翌朝。

タクマはユキとの散歩がてら、宿の土地と拡張予定の外周を訪れておく事にした。

お供はゲールだ。ゲールを連れてきたのは、土地を拡張する前に周囲の脅威《きょうい》を排除しておくためでもある。

まずは食堂の前にある、宿の予定地に跳んだ。

予定地には、数軒の建物が立ったままだった。

「なるほど。建物は使われていないにしても、その解体は自分でしろという事か。まあ問題はないな」

「あーい、あうー」

タクマのぼやきに応えるように、ユキが声を上げる。

タクマは土地の外周に沿って遮音《しゃおん》と結界の魔法を施し、外から見えないようにした。そして、建物を一瞬で消し飛ばす。

ついでに浄化を行い、土地に悪いものが憑《つ》かないようにした。

「ヴェルド様が用意してくれた宿だし、これくらいはしておかないとな」

浄化によりこの地は聖地《せいち》といって良いくらいに清《きよ》らかな場所になったのだが、タクマは気にも留めていない。

結界と遮音を解除して、タクマは改めて確認する。

宿の予定地は、相当な広さがあった。

「ミアー？（町の外も行く？）」

ゲールは久しぶりにタクマと行動できるため嬉しそうだ。

「そうだな。拡張の範囲内にモンスターがいると厄介だから、今のうちに対応して、浄化だけしとこう」

タクマは町の出入り口に移動して、手続きを済ませて外へ出た。

人気《ひとけ》のない所にまでやって来ると、タクマはスマホを取りだして、範囲を確認するために一気に上空に上がる。

「んー、こっからあそこまでか……結構土地に高低差があるな。まあ整地するから問題はないけど」

眼下に広がる森を見ながらそう呟きつつ、タクマは範囲内のモンスターの気配を探した。だが、町の近くのためか、危険な生物の気配はなかった。

タクマは拡張範囲内に魔力を解放して「威圧《いあつ》」をかける。これで、臆病《おくびょう》な動物たちは範囲内から逃げだしてくれる。

そのまま待っていると、いくつかの気配が範囲外に出ていくのが確認できた。

「良し……一気に消し飛ばしても、人や動物の被害が出る事はないだろう。後は、当日に同じ事をすれば大丈夫かな」

それから地上に下りたタクマは、拡張後の外周部になる部分を歩いた。

「ユキ。気持ち良いな。ここを歩くのは面白いかな？」

ユキは初めて来た場所に戸惑っているものの楽しそうだった。キョロキョロと見回し、時折手を伸ばしている。

範囲内を一時間ほどかけて歩いたタクマはトーランに戻った。

町に来たついでに、ヴェルドにお礼を言いに教会に寄る事にした。朝の礼拝堂はとても神聖な空気が漂っている。

タクマは女神像の前にひざまずいて祈りを捧げた。

すると、いつも通りの空間へ飛ばされる。


「あーう、あい！」

「あら、ユキちゃん。ご挨拶できて偉いですね。タクマさんもおはようございます」

大きな声で挨拶をしたユキに、ヴェルドは笑みを向ける。

「ヴェルド様。おはようございます」

タクマはそう言ってから、さっそくお礼を伝えた。

「ヴェルド様。素晴らしいご褒美をありがとうございました」

「いえ、タクマさんの功績はあの程度では返しきれませんが、宿を有効に使っていただけたら嬉しいです」

お礼は言ったものの、タクマは確認しなければならなかった。あれほどの宿をヴェルドミールに設置して良いのか心配なのだ。

それとなく尋ねると、ヴェルドは平然と答える。

「そこまで深く考える必要はありませんよ。宿がいるというトーランの要求に、タクマさんが応える、それで充分でしょう。確かにあの施設は便利ではありますが、危険な物はありませんので」

でたらめな機能が付いているといっても、所詮は宿。設置したからといって危機が起こるわけではないと、ヴェルドは説明した。

「問題がないなら、有効活用させていただきます」

タクマが言うと、ヴェルドは優しい笑顔で頷いた。

続いて、タクマは話題を変える。

「そういえば、ヴェルド様。もう一つ言っておかないといけないのですが……」

それからタクマが話したのは、結婚式についてだ。

というのも、ヴェルドはタクマの結婚式で何かをしようとしているのだ。それでタクマは、あまり混乱を招くような事を避けてくれるように頼んだのだが……

「大丈夫です。いくら私でも、タクマさんたちにマイナスになる事はしないです。ちょっとした余興《よきょう》だけですので」

タクマが、具体的に何をしようとしているか聞きだそうとすると、ヴェルドは笑ってごまかすばかりだった。

「楽しみにしててくださいねー。きっと喜んでもらえますからー」

ヴェルドはタクマたちを送り帰した。

教会に戻ったタクマは、深いため息をつきながら呟く。

「その余興が不安だって言ってるのに……」

◇　◇　◇

「はあ、何か分からんがすごく疲れた……」

タクマは湖畔の邸宅に帰ってきた。

夕方までユキと二人で過ごしていると、針子《はりこ》のトレスの所へドレス作りの手伝いに行っていた夕夏が戻ってくる。

タクマはユキを夕夏に任せてトーランのコラルの邸に跳んだ。


「タクマ様、いらっしゃいませ。コラル様がお待ちです」

使用人の案内に従って応接室へ移動する。

さっそくコラルが迎える。

「タクマ殿、遅くに来てもらいすまんな。では、宿について聞かせてもらおう」

タクマはコラルの前に座り、手に入れた宿について説明した。

しかし、あまりにでたらめな宿の説明にコラルは呆れてしまった。

「タクマ殿。好きにしろとは言ったが、限度があるのではないか？」

「確かにやりすぎた感は否定できないんですけど、これを用意してくれたのはヴェルド様なんですよ。それに、コラル様が懸念している問題を解消するには、この物件が一番だと思うんです」

魔力によって部屋数を増減でき、タクマは無限の魔力を持っているので、宿不足問題はこの一棟だけで解決できるのだ。

続けてタクマは、フロアによって客層を分ける構想を伝えた。

富裕層以外に、一般の客も受け入れるつもりなのだ。

「サービス自体は、富裕層向けの部屋とほとんど変わりませんが、一般向けの部屋は食事なしにします。それでも、相場値からすればやや高めの値段になりますね」

「なるほど。あくまでも高級なイメージを大事にしている、というわけか」

「その通りです。それに俺の食堂がありますから、宿で食事をしない宿泊客は食堂で食べればいいですし」

一般の客は食堂に誘導すれば、一石二鳥《いっせきにちょう》だとタクマは考えたのだ。

しかし、コラルはまだ納得していなかった。

「うーむ。言いたい事は分かるが、食事の有無だけで、富裕層と一般の客を区別するのはあまり良くないのではないか」

コラルは、富裕層から苦情が出そうだと指摘した。

せっかく高い金を出して泊まったのに、一般の方と同じ扱いをされては富裕層は黙っていない、というわけである。

「では、実際に部屋を見ましょうか。そうすれば価格差の理由が分かりますから」

タクマはコラルを連れて、宿の予定地へ向かった。


道すがら、コラルはタクマに尋ねる。

「タクマ殿。宿を用意したのはヴェルド神様だと言っていたが……タクマ殿はそんな頻繁に神と会えるのか？」

「……深く考えた事はなかったですが、ありえないですよね。ちなみに、ヴェルド様に会いたいと思った時は、教会の礼拝堂で祈りに行くんですよ。ヴェルド様が俺に用がある時は、俺の夢に出てきたりします」

「まさか会うのも自由自在か……」

コラルは呆れた表情でタクマを見ていた。

「まあ、そんなわけでヴェルド様からご褒美をいただいたんです。使わない手はないかと」

「そうだな。ヴェルド神様が用意してくれたのなら問題ないのだろうな」

宿の予定地に到着した。タクマはコラルと共に敷地の中へ入ると、結界と遮音を施して外から中が見えないようにした。

「さて、これで人の目はごまかせるでしょう。さっそく仮置きという形で出しますね」

タクマはアイテムボックスから宿を取りだした。

タクマたちの目の前に、日本建築の立派な宿が現れる。

「これは……見た事もない建物だな……」

コラルは初めて見る日本建築の美しさと荘厳《そうごん》さに驚いている。屋根の瓦《かわら》は黒で統一され、真新しい艶《つや》が光っている。建物の壁は漆喰《しっくい》で真っ白だった。

タクマは固まっているコラルを落ち着かせ、中へ入っていく。

基本的に中は土足厳禁なので、玄関で靴を脱いでスリッパに履き替える。

コラルはタクマのやる行動を見て、同じように宿に上がった。

「俺らが住んでいた日本という国は、家の中で靴を履く文化はほとんどないんです。家の中ではこうしたスリッパを履きます」

「なるほど……」

コラルはカルチャーショックを受け、戸惑っていた。だが、靴を脱ぐ事を不快に思ったりはしていない。

タクマは富裕層向けの部屋から案内する事にした。

正面の大階段を上って、手前の部屋の扉を開ける。

「このフロアは、ほとんどがこの部屋と同じ造りとなってます。一応さらに高貴な人を迎えても良いように特別な部屋もありますが……それは次の機会にしましょう」

今回は一般向けと富裕層向けの違いを知ってもらうのが目的なので、他を見ても仕方ない。案内

した富裕層向けの部屋は、三ブロックを一室としていた。

奥の部屋が主人用、その横に使用人たち用の部屋がある。真ん中は、リビングとして使えるようにしてあった。

ちなみにすべての調度品はあらかじめ設置されてあった物で、どれも格調の高い品だ。

コラルは感嘆の声を上げる。

「素晴らしいな。ただ、この床は何だ？」

「これは畳《たたみ》と言われる床材ですかね。井草《いぐさ》を編んで作っています」

タクマは畳に詳しいわけではないので、ざっくりとした説明しかできない。コラルは畳の感触を気に入ったようだ。

「なるほど。こういった材質の物を使ってるとなれば、土足がだめなのは理解できる」

コラルは見た事もない部屋に興奮気味だ。その後、タクマはコラルを落ち着かせながら、風呂、トイレを案内して部屋から出た。

「どうですか、富裕層向けの部屋は？」

「言う事はないくらいだ！」

続いて、一般向けの部屋があるフロアに案内する。フロントから一番近い部屋の扉を開けて見せると、コラルは一言だけ呟く。

「……狭い」

一般向けの部屋は八畳の和室に、キッチン、シングルベッド、テーブル、椅子が置かれたシンプルなものだった。

決して狭いわけではないのだが、さっきの富裕層向けと比べればその差は歴然である。

「要は寝るだけの部屋ですね。一応風呂があるという事で、他よりも二割くらい価格を上げる予定です」

コラルは実際に違いを見た事で、価格差の理由を理解したのだった。

◇ ◇ ◇

内見を終わらせたタクマたちは、宿を仕舞ってからコラルの邸に戻った。

応接室のソファーに座った二人は、従業員について話を進める。

タクマの用意する宿は、宿泊客が部屋を出た時点で自動的に浄化される。それ以外の共用スペースも、人の出入りのない真夜中に浄化される仕様なのだ。つまり、掃除の手間がいらない分、少ない従業員で運営できる。

それを聞いたコラルは、少し困った顔をする。

「そうか。少ない従業員でできるとなると、私が考えていた人数では多すぎるな」

コラルは、タクマがここまででたらめな宿を用意するとは考えていなかった。

「タクマ殿が考える必要人数は何人だ？　私は三十人くらいを考えていたのだが……」

コラルの質問に、タクマは少し考える。

運営自体はスミス一家だけでもできるかもしれない。だがそれは、普通の宿としてやっていくなら、という前提が付く。

この宿は、高級宿にするつもりなのだ。

サービスは最上級を目指したいし、それに宿の中は相当広い。

先ほど見たシングルの部屋が二十室。二人で泊まれるツインの部屋が十室。一般向けだけでも三十室あるのだ。

それに加えて、富裕層向けの部屋が二十室。さらに高貴な身分向けに五室を用意している。

その宿の運営がスミスたちだけだと、サービスが行き届くはずもない。それを考えると、コラルの言う人数でも足りないかもしれない。

「最低でも……俺が考えているのは……一般向けの従業員で十名。フロントにスミスさんたち以外で八名。富裕層向けの従業員は三十名を考えています。それに、厨房を担当するコックが二十名ですかね」

コラルは、タクマの説明を聞いて驚いた。しかも、タクマの言った人数は最低必要数であり、交代を考えるとその倍は欲しいという。

確かにコラルは富裕層向けの宿をタクマにお願いしたが、そこまでの物を望んでいたわけではなかった。富裕層から不満が出ないレベルで良かったのだが……

「……君はこの宿で何を目指す気だ？」

コラルの質問に対して、タクマの返答はあっさりとしたものだった。

「泊まった客の満足。それと、もう一度この宿に泊まりたいと思わせたいですね」

どうせ高級宿をやるならサービスが最高な宿を作りたいと、タクマは考えたのだ。

タクマの考えを理解したコラルは腹を決めた。タクマの宿に必要な、最高の人材を集めようと決心したのだ。

「分かった。君が必要だという人数を集めよう」

打ち合わせを終えたタクマは、軽快な足取りで自宅へ戻っていくのだった。

10　町の拡張

拡張工事当日。

早朝からタクマはコラルを連れて町の外に来ていた。

人の出入りを厳しく制限しているため人気《ひとけ》はない。

気配察知を使い拡張範囲内に生き物がいない事を確認したところで、タクマは行動に移す。コラルにも見やすいように、タクマは彼を連れて空へ上がった。

「タ、タ、タ、タクマ殿？　高すぎはしないか？」

コラルは震えて、声を上げる。

「大丈夫ですよ。全体を見た方が良いと思うので、少しだけ我慢を。なるべく早く済ませますから」

タクマはスマホを取りだし、整地と新たな壁の建設を行う事にした。

なお、トーランの町には壁の内側に沿って強力な結界を施してある。不可視と遮音もかけてあるので、この大掛かりな工事で町民が迷惑をこうむる事はない。

まずは整地を行う。タクマは膨大な魔力を練り上げると、マップと同期したナビの指示で拡張範囲を一気に爆発させた。

続けて、焼け野原になった土地が平らになるようなイメージでならしていく。

コラルはただ呆然としていた。

「良し……範囲内の整地はこんなもんか。元あった壁もきれいに吹っ飛んでいるな。後は新しい壁だ」

タクマはそう言うと、先ほどと同じくらいの魔力を一気に練り上げ、土を隆起させるイメージで魔法を放った。

すると、10m《メートル》の土壁が立ち上がった。

さらに、できたばかりの土壁と周辺の地面に硬化の魔法をかけた。いろいろと考えた結果、壁の厚さは５ｍにした。これでたいていの攻撃には耐えられる。

土壁の外周には副産物があった。幅５ｍ、深さ10ｍの堀ができていたのだ。

「こんなもんか？　良い感じに堀もできたしちょうどいいな」

タクマは周囲を見回して納得すると、コラルを連れて地面に下りる。

コラルは呆れた声で話しかける。

「この規模の拡張を一瞬か……でたらめにも程があるぞ」

「自分でもそう思います。とりあえず壁ができたので、いったん結界を解除しますね」

タクマは張っていた結界を解いた。

それから、タクマたちは街道の位置まで移動してきた。

壁は切れ目がないので、門を設置する必要があるのだ。

そこでタクマは気がつく。門をどういった物にするのか最終的な承認を得ていなかったのだ。ちなみに今まであった門は、さっき壁と一緒に吹き飛ばしてしまっていた。

「コラル様。新しい門の事を聞くのを忘れていました。俺の方で用意をしていいなら、今すぐに準備しますが、どうしますか？」

「では、任せても良いだろうか」

コラルの返答を聞いたタクマは、スマホで異世界商店を起動する。

品ぞろえを確認していくと、ある商品に目が留まった。それは、人の出入りを管理できるシステムが搭載された、高さ9m、幅5mの門だった。

説明を見てみると、既存の管理システムに組み込めるとあった。これならトーランを管理する事になるダンジョンコアとの相性も良さそうだ。しかも、出入りの手続きを行う際に、犯罪歴を自動的に調べてくれるらしい。

次に町と街道をつなぐ橋だ。これは跳ね上げ式の橋を購入する。この橋は門と連動して動かす事ができる。

［魔力量］　　　　　　　　　　　　：∞
［カート内］
・入退管理システム付きゲート（管理端末十台付き）×2　：3000万
・全自動跳ね上げ式橋脚（長さ6m）　：1800万
［合計］　　　　　　　　　　　　　：4800万

決済を済ませてアイテムボックスに送り、門も橋もすぐに設置した。仕上げにその二つを同期させる。

なお、門に付いていた端末はタブレットのような形をしているので、直感的に使う事ができた。これなら門番たちも簡単に扱えるだろう。

コラルはタクマの説明を聞きながら、門を開けたり橋を下ろしたりした。

「使いやすいな。タクマ殿、この魔道具は門と橋の開け閉めだけではなく、人の犯罪歴まで分かると言っていたが、それはどうやるのだ？」

「それはこっちのマークを触ってください……そうです……そうすると、手のマークが出ますよね？　そこに手を置いてみてください」

タクマの指示通り操作すると、端末から機械音が鳴った。

端末にはコラルの個人情報が表示されていた。

［名前］　コラル・イスル
［職業］　領主
［犯罪歴］　なし

「ほう、これは便利だ。この端末があれば手続きも簡単になるし、犯罪者が入り込むのを防げるのだな？」

「ええ、その通りです。それにこれはダンジョンコアとも連動できるので、もっと大掛かりに調べる事もできます」

コラルは、町の人間すべて調べる事さえできると聞いて喜んだ。

タクマたちは他にもやる事があるのでいったんコラルの邸まで戻り、そこから旧市街の旧領主邸へ跳んだ。

◇◇◇

「いらっしゃいませ、マスター」

「ああ、いきなり来てすまん」

タクマたちを迎えてくれたのは、ダンジョンコアである。

そのまま本題へ移る。

「今日来たのは、旧市街と新市街の統合と、新しく拡張した範囲をすべて管理してほしくて来たんだ。あと、新しく作った門と橋も頼みたい」

タクマが来た理由を話すと、ダンジョンコアは了承する。

「分かりました。では、まずは管理範囲の変更を行います。範囲の設定をしてください」

ダンジョンコアの言葉に従って、タクマはスマホの情報を伝える。

「端末との接続を確認……管理範囲の設定を完了しました。続いてマスターの魔力を使用して、状態保存を行います」

ダンジョンコアの言葉とともに、タクマから魔力が吸い上げられる。

すると、新市街の町全体方が明るく光った。おそらく新市街の建物に魔法が付与され、すべて新品の状態に戻ったのだろう。

「状態保存完了。次は町にいる生物のデータを抽出するとともに、旧市街の監視システムを新市街、さらには拡大した範囲まで拡大します……完了。ここまで異常はありません。最後に、門と橋を私と同期します……同期中……終了しました」

これでトーランは、すべてがダンジョンコアの管理下に置かれる事となった。

「マスター。続いて町の防衛機能について進言します」

ダンジョンコアはそう言って、町の防衛策について話し始めた。

「現在、この町は外からの攻撃・悪意・敵意を持つ者からの攻撃に脆弱《ぜいじゃく》です。何らかの対策を講じないと危険です」

ダンジョンコアは、タクマの目の前にトーランの地図を映しだした。

「私が提案するのは、二つのどちらかです」

ダンジョンコアの提案の一つは、専守防衛だった。

つまり、トーラン側から積極的に攻撃をするわけでなく、敵意を持つ相手に対し、町に近づかないよう警告するというものだ。そして警告に従わなかった場合にのみ、拘束・無力化し、町の警備が捕らえるのだ。

　なお、専守防衛のためには、町から１㎞ほど離れた所までコアの影響力を拡大する必要があるとの事だった。

　ダンジョンコアの提案にコラルは言う。

「要は、町に近づけないようにするという事だな？」

「その通りです。不穏分子《ふおんぶんし》はできるだけ入れないのが、町を平穏に保つ事になるかと」

　ダンジョンコアは次に移った。もう一つの提案は、積極的な排除である。

　これはトーラン側から攻撃を仕掛け、敵意を持った者に先制攻撃をするというものだ。この場合、町から５㎞ほどの範囲をコアの影響下に置く必要があるらしい。

「さっきよりも随分範囲が広いではないか！　それにトーランを戦場にする気か⁉　だめだ！　我々は戦闘をする必要はない！　町のほとんどの者は非戦闘員だぞ。万が一防衛を抜かれたら大変な事になるし、無駄に相手を刺激してはならん」

　コラルは二つ目の提案を却下し、タクマに意見を求める。

　タクマは静かに頷いた。

「そうですね……俺もコラル様と一緒で一つ目の提案を支持します。ただ、補足事項を付けるべきかと」

　そう言って、タクマは自分の考えを話し始める。

タクマは元々、ダンジョンコアの二つ目の提案のように、結界に敵意に対する攻撃を付与するような方策を考えていた。

だが、ダンジョンコアの話を聞いて考えを改めた。

専守防衛案を採用したうえで、ダンジョンコアに守りを強化するような結界を付与しようと考えたのだ。そうすれば二重の守りを構築できる。

タクマからアイデアを説明され、ダンジョンコアが返答する。

「マスター。それは、私に結界を発動できるような力を付与するという事ですか？」

結界は、タクマの魔力を吸い上げて展開される事になる。その強度や性質は、ダンジョンコアの意思一つで変更できるという。

話を聞いていたコラルは頭を抱えた。

「そんな強固な防衛力を持つ街、聞いた事ないぞ……」

嬉しさと困惑が交じった声で訴えるが、タクマとダンジョンコアは声をそろえて言う。

「「ここにありますね」」

「……」

コラルには、この提案を反対する理由がなかった。

タクマは自分の家族の活動する町を守りたいと考え、ダンジョンコアは自分のエリアを守るために提案しているだけなのだ。

ダンジョンコアが告げる。

「ではさっそくですが、マスターの魔力を使い、外壁から周囲１㎞を私の影響下に置きます。範囲拡大中……完了。次に私の能力に、マスターの結界を」

ダンジョンコアに促されたタクマは、結界の強度や性質を選べるようにして、ダンジョンコアに付与した。

「できた……どうだ？　ちゃんと扱えそうか？」

タクマはダンジョンコアに確認する。すると、ダンジョンコアは試しに発動してみると言いだした。

「結界を発動します。危険度極小、結界が見える形で町に展開……完了しました」

ダンジョンコアの言葉を聞いたタクマとコラルは、窓際に移動して空を見上げてみた。

空には、薄い膜《まく》のような結界が張られていた。

「成功ですね。これで拡張工事は終了ですか。後は門番たちの教育だけです」

タクマはそう言ってコラルに笑いかける。

この瞬間、世界で一番安全な町が完成してしまったのだった。

◇　◇　◇

拡張を終わらせたタクマたちは、旧領主邸で休憩を取る。あまりに驚きの連続だったので、コラルが休みたいと言ったからだ。

ソファーに深く腰掛けたコラルは、深いため息をついて口を開いた。

「しかし、凄まじい町になってしまった……君はいつも私が考えている斜《なな》め上を行ってしまうな」

コラルの言葉を聞いたタクマは、苦笑いをして答える。

「まあ、手を抜いて俺の家族が傷ついたら後悔しきれません。これから発展するトーランを守るためには仕方がないと思いますよ」

それからタクマは、アイテムボックスから酒とグラスを出して、コラルに勧めた。

コラルもこれ以上は仕事にならないと考え、素直にグラスを受け取る。

二人は酒を注いだグラスを手に乾杯する。

「これからの町の発展に」

「家族やコラル様の町の安全に」

「「乾杯」」

11　アレルギー反応

その後、タクマはコラルを邸まで帰してあげ、そのまま自宅に戻った。

家に近づくと、子供たちの声が聞こえてくる。その中に、なぜか聞き慣れない子供の声が混じっていた。

（ああ、今日はあの方たちが来る日か……）

タクマがそう思っていると、タクマが帰ってきたのに気づいた子供たちが玄関に集まってくる。

その中にはアンリがいた。彼女はいつの間にか子供たちと打ち解けたようだ。

「おとうさん、おかえりー！」

「おかえりー」

「はやかったねー」

勢いよく抱き着いてくる子供たちをあやしつつ、タクマは尋ねる。

「マギーたちが来てるんだろう？　友達を放っておいていいのか？」

すると子供たちはハッとした表情になり、アンリの手を引いて戻っていった。

彼らを追うようにタクマが居間に入ると、そこにはタクマの子供たちと楽しそうに話しているマギーとショーンがいた。

マギーとショーンは、パミル王の子供だ。タクマが空間跳躍の扉をパミルにプレゼントした事で、こうしてたまに遊びに来ている。以来、子供たちは二人と仲良くなり、遊びに来る日を楽しみにしているのだ。

「タクマさん、お邪魔しています」

マギーの母であるスージーが、タクマが挨拶をする前に話しかけてくる。その横にいるショーンの母であるトリスも頭を下げた。

「ここにいる間はどうぞ気兼ねなく過ごしてください」

タクマはそう言ってソファーに座った。

「タクマさんはお仕事に行っているとあの子たちが言っていましたが、お仕事は終わったのですか？」

スージーはタクマの仕事の邪魔をしてはいけないと思ったのか、そんな事を聞いてくる。

「ええ、今日の仕事は終わっています」

「それなら良いのですが、先日、夫が面倒をかけたようで……申し訳ありません。あの方にはしっかりと言い含めておいたので、許してくださいね」

いったい何を言い含めたのか気になるところではあるが、タクマはそれ以上聞くつもりはなかった。スージーとトリスの笑顔がちょっと怖かったからだ。

スージーがタクマに尋ねる。

「そういえば、タクマさんは行商人なんですよね？」

タクマが商会を興した事は、スージーたちはまだ知らないようだ。

「あー。たぶん近いうちに報告が行くと思うんですが、商会を興しまして……」

タクマはスージーたちに経緯を話した。スミス一家の不遇なエピソードを聞いて、スージーは悲しげな顔をする。

「……そう、タクマさんが悪いわけではないですが、噂というのは怖いものですね……」

元々王族ではなく、商家生まれだった彼女たちは、そうした噂の怖さをよく分かっているようだ。

「そうですね。俺が引き起こした事で、彼女たちは苦しんだのです。恩を返すには商会を興す必要があったので、そういうふうに行動しただけなんですけどね」

「なるほど……商会を興したという事は、これからさらに業種を増やしていくつもりですか？」

タクマは「やりたい事ができればそうなる」と答えると、スージーは少し言いづらそうに切りだした。

「タクマさん。今日はマギーたちの事で相談があるのです」

話を聞いてみると、マギーとショーンは近いうちに社交界デビューをするという。

王族主催の社交界なので、ドレスとタキシードが必要なのだそうだ。だが、王都のテーラーが作ったドレスを、二人は着たがらないのだという。

マギーとショーンが言うには、肌に当たる部分が痒《かゆ》いと言うのだ。テーラーが何度も調整してくれてはいるのだが、どうしても着たくないらしい。

「痒い……ですか……それは二人ともそう言うのですか？」

「ええ……そうなんです」

普段のマギーたちはわがままを言うような子ではない。ただ、着たくないという理由だけではないだろう。

しかし、パミルに言っても「わがままは許さない」と言うだけで話にならないという。

「なるほど……じゃあ、ちょっと二人に話を聞いても良いですか？」

「ええ、何か気になる事でも？」

「そうですね。確信はないですけど……」

タクマはある可能性を考えて、二人を呼ぶ事にした。

タクマの声を聞いたマギーとショーンが集合する。

「あ！　おじちゃん！　こんにちは！」

「タクマ様、お、お邪魔してましゅ……」

ショーンはいつものように噛《か》んでしまった。恥ずかしそうにするショーンに、タクマは優しく笑いかけ、その頭を撫でる。

「そんなに緊張しなくて大丈夫だ。俺は友達のお父さんとでも思ってくれればいい。あのな、ショーンとマギーに聞きたい事があるんだが、作った服が痒いって言ってるんだって？」

二人は途端に表情を曇らせた。パミルに我慢しろと言われているため、「痒い」と言わないようにしていた。

タクマはパミルのうかつさに気づいてため息をつく。

「そんな悲しい顔をしなくても大丈夫。おじさんに詳しく話してくれないか？」

タクマが笑みを浮かべて語りかけると、二人はポツポツと話し始める。

「あのね……新しいドレスを作ってもらったの。でも、着たらお腹が痒くなって、苦しくなったの」

分かってはいたが、二人はわがままで服を嫌がっているわけではない。

タクマはそのままマギーに話をさせる。

「でね、お母様に言ったら違うドレスを持ってきてくれたの。でも、それも痒くて苦しかったの……」

悲しそうに俯くマギーをフォローするように、ショーンも説明をしてくれる。

「新しく用意してくれた礼服は、どれも痒くなってしまうんです。僕も足や腕が痒くなりました」

「なるほど……服を着た時にチクチクしたりはなかったかい？」

チクチクしていたと言うなら、生地の縫製や糸の粗さなどが原因として考えられる。子供の肌は敏感だ。少しでも刺激があれば痒く感じてしまう。

「チクチクはなかったの」

「僕も感じませんでした」

二人の答えを聞いたタクマは、敏感肌とかではなく——アレルギーだと結論づけた。

（なあ、ナビ。アレルギー反応は鑑定で見られたりするか？）

（問題ありません。マスターの鑑定に見られないものはないでしょう。身体のアレルギー反応についてイメージをすれば大丈夫です）

タクマは二人を鑑定する事にした。

ただ二人は王族だ。勝手に鑑定しては問題があるかもしれないと考え、念のためスージーに確認する。

「申し訳ないのですが、マギーとショーンを鑑定しても良いでしょうか？　俺の予想が正しければ、原因が分かるかもしれません」

タクマはそう言ってから、アレルギー反応で痒みが出ている可能性があると伝える。

「アレルギー反応？　……ですか。よく分かりませんが、このままでは二人が可哀そうなので、鑑定していただけますか？」

母親からの許可は出たので、タクマは二人を優しく撫でながら語りかける。

「今から二人が痒くならないように調べるから、鑑定させてくれるかな？　原因が分かれば痒くなる事は防げると思うから」

「うん……」

「はい、お願いしましゅ……」

噛んで恥ずかしそうにしているショーンをもう一度撫でると、タクマは二人を鑑定した。

——結果は、染料アレルギーだった
（やっぱりか……だが、アレルギーを治すイメージが湧かないな……さて、どうするかな）

二人とも、重度の「藍《あい》アレルギー」と出ている。おそらく二人の礼服には染料として藍を使っていたのだろう。

不安そうな二人を安心させるように、タクマは笑いかける。

「もう終わったよ。とりあえず、二人の身体はある植物が嫌いなんだ。その植物を使った服を着ると、痒くなったり苦しくなったりするんだ。今からお母さんたちにそれを説明するから、遊んでおいで。きっと良い解決方法を見つけるから」

タクマは二人を優しく撫でると、周りにいた子供たちに二人と遊んでやるように促した。

子供たちは、マギーたちが嫌な事を忘れるようにと、自分たちの宝物を見せると言って子供部屋に誘った。

◇　◇　◇

子供たちが居間を出ていった後、タクマはスージーとトリスに鑑定結果を話した。

そして同時に、ナビにどうにか治せないか相談をする。タクマは自分だけのイメージではアレルギーを治せないと自覚していたのだ。

するとナビは解決策を提示してくれた。

(回復魔法では治せないというのは、私も同意見です。ですが、一つだけ方法があります。それはエリクサーです。どんな異常でも治すと言われているエリクサーなら、二人のアレルギーは治るでしょう)

(エリクサー……まさか、二人に夕夏と同じ薬を飲ませるのか?)

タクマは寿命が延びてしまうほどの薬を、二人に飲ませる事に拒否感があった。

(いえ、マスターが夕夏様に使ったのは、ティアーズエリクサーです。今回必要なのは、この世界の者でも作製可能なただのエリクサーです。そちらは寿命が延びるような副作用などもないので、子供が飲んでも大丈夫です)

タクマは失念していたが、夕夏に飲ませたのはヴェルド謹製のティアーズエリクサーだった。この世界で作れるエリクサーとはレベルが違う。

(マスターには、この世界の物なら何でも買える異世界商店があるのですから、エリクサーも手に入れられるはずです。購入してあの子たちに飲ませましょう)

ナビの助言が終わると同時に、タクマはスージーたちに説明を終えた。

そして一つの提案を行う。

「……で、ここからが本題です。おそらく藍を避けて生活すればアレルギー反応は出ませんが、それだと不安が残ると思います。ですから、今日中に治してしまいませんか？」

タクマから思わぬ提案をされ、二人は唖然とした表情をした。

スージーは慌ててタクマの肩をつかむ。

「治るの⁉　あの子たちが痒くなったりしないようにできるの⁉」

スージーに肩を揺すられながら、タクマは穏やかな口調で肯定する。

「大丈夫です。きっと治ります」

二人を落ち着かせたタクマは、さっそくエリクサーを手に入れる事にした。だが、エリクサーを買う前に、タクマはする事があったのでスージーに話しかける。

タクマの表情には怒りが浮かんでいた。親の無知で対策が出てこないのは仕方ないが、わがままだと断罪するのは許せなかったのだ。子供はしっかりと異変を訴えていたのだから。

「薬を飲ませる前に、やる事があります。子供の訴えを自分の決めつけで危険に晒《さら》した馬鹿者と、アレルギー反応を引き起こす服を取りに城に戻りましょう」

スージーは言っている意味を素早く理解し、自分が服を取りに戻ると言った。だが、スージーたちが使っている空間跳躍の魔道具は制限がかかっているため、パミルを連れてくる事ができない。

なので、タクマはスージーと共に城へ跳ぶ事にする。

「では、行きましょう」

「ええ。お願いしますね」

タクマはスージーと共に王族の居室へ跳んだ。


スージーはそのまま服を取りに行き、すぐに戻ってきた。タクマはスージーを自宅へ戻すと、一人で王の執務室に歩いていく。

そしてノックもせずに執務室のドアを開けた。

「なんだ!?　タクマ殿!?　どうしたのだ？」

パミルは突然のタクマの訪問に驚き、慌てていた。タクマに声をかけたのは宰相だ。そして彼はタクマの表情を見て、パミルが怒らせる事をしたのだと悟った。

タクマは静かに口を開く。

「今日は子供の異変に気づかない馬鹿親に用があって来ました」

パミルはそれが自分の事だと分かると、ムッとした表情で言い返す。

「何だと？　誰が異変に気づかない馬鹿親だ？　儂は子供にはしっかりと気を配っているつもりだぞ！」

自分には非はないと言い張るパミルに、タクマはさらに続ける。

「本当にそうですかね。子供が新しい服を着て痒いと訴えたのに、わがままだと言った馬鹿親が、子供の異変に気を配ってるとは思えませんね。下手をすれば、マギーとショーンは危険だったんだぞ！」

タクマはパミルに詰め寄る。

「子供の訴えをわがままだと決めつけたのは、罪だ」

タクマはパミルの襟《えり》を掴むと、宰相も一緒に指定して自宅へ跳んだ。


タクマの邸の居間に着く。

タクマ、パミル、宰相の目の前には、スージー、トリス、マギー、ショーンが立っている。怒りの表情を浮かべる妻と怖がる子供たちを見て、パミルは戸惑っていた。宰相はタクマに状況を説明するように頼む。

タクマは丁寧に説明してあげた。

それでようやく、パミルは自分のやってしまった事を理解した。

タクマは親子で話せるように応接室から出ていく。宰相を始めとした使用人たちも全員居間から追いだし、その場を後にした。

◇　◇　◇

タクマは、この間にエリクサーを手に入れておく事にした。タクマが執務室に行こうとすると、アンリが話しかけてくる。

「タクマさん。あの二人の病気は治るんでしょうか？　とてもつらそうな表情をしていたので……」

アンリはマギーとショーンの事をとても心配していた。

「大丈夫。今からその薬を手に入れるから……そうだ。薬を手に入れるところを見るか？」

タクマは、アンリに能力を見せる事にした。

タクマとアンリは一緒に執務室へ向かう。

執務室に入り、アンリをソファーに座らせると、タクマは対面に座る。そしてアイテムボックスからPCを取りだして、異世界商店を起動させる。

「これは……板が明るい……タクマさん？　お薬を買いに行かないの？」

驚いて尋ねるアンリに、タクマに答える。

「薬は手に入れるが、お店に行って買ってくるわけじゃないんだ。アンリは俺が異世界から来た事を聞いただろ？」

「ええ、それは分かっていますけど……」

「異世界から飛ばされてきた時に、俺は『異世界商店』という能力を手に入れたんだ。今回必要な薬は、それを使わないと手に入らないんだよ」

タクマは異世界商店について、アンリに説明した。

あまりにでたらめな能力なので、アンリは聞かされてもちんぷんかんぷんだった。だが、その能力でならあの可愛い子供たちが救えると言うので、アンリは無理やり自分を納得させる。

タクマは、アンリに見えるように画面を向けて、買い物を進めていく。

目当ての物を見つけると、そのままカートに放り込んだ。アンリはその商品名を見て、固まっている。

「タ、タクマさん？　これって……まさか……」

アンリは画面に映る商品名を指さしながら、恐る恐るタクマに聞く。

「ああ、俺が言った意味が分かったかな？　そう。あの子たちに必要なのはこの薬なんだ」

【魔力量】　　　：∞
【カート内】
・エリクサー　×2　：20億
【合計】　　　　：20億

そのまま決済を行い、テーブルの上に出した。

「何かすごい数字が見えました……あれって金額ですか？」

「いや、俺がこのスキルで支払うのは、自分の魔力だよ」

タクマは平然と言うが、アンリは眩暈《めまい》がしそうだった。

魔力量の基準は知らないが、画面に出ていた数字はとてつもないという事、そして普通の人間では一本も買えないという事は何となく分かった。

そこまで貴重な薬を使わないと、あの子供たちはずっと悲しい思いをしてしまうのだ。タクマの子供に対する優しさを知って、アンリは笑みを浮かべるのだった。

◇　◇　◇

タクマが気を利かせて居間を出た後、パミルは床に正座させられていた。ちなみに宰相は居間に人が入らないように扉の前に立っている。

怒りの表情のまま、スージーが口を開く。

「あなた……私たちは言いましたよね？　二人が異変を訴えているのはわがままではないと」

「ああ……」

「でも、子供たちはあなたにそれを言われたと言っています。どういう事ですか？」

スージーとトリスは、厳しい口調でパミルを責める。

「あなたの身勝手な言葉で、子供たちは大変傷ついています。どう責任を取るのでしょうか？」

「だが、本当にわがままだと思ったのだ……」

パミルは冷や汗を浮かべて言い訳をしたが、それが妻たちの怒りを買ってしまう。二人の叱責はさらにヒートアップしていった。

「わがままだけで、この子たちが着たくないなんて言うわけないじゃない！　この礼服はこの子たちの好きなデザインで作らせた物よ！　普通だったら着たくないなんて言わないの！　何でそれが分からないのよ！」

「いや……それは……」

もっともな事を言われ、パミルは何も言い返せずにいた。

「もし、あのままこの服を無理やり着せていたら、大変な事になっていたかもしれないのよ？」

スージーはタクマから聞いた、アレルギー反応の危険性をパミルに話した。

パミルは自分のやってしまった事が、我が子を命の危険に晒していたという事実に打ちのめされた。

「まさか、体質に合わない服を着るだけでそんな……」

パミルが二人の妻にやり込められたところで、タクマが居間へ入ってくる。するとスージーはタクマに向かって言葉をかける。

「ちょうどいいところに！　タクマさん、このお馬鹿な父親に、子供たちがいかに危険だったか証明したいのだけど、何かいい案はないかしら？」

パミルはショックを受けてはいるが、実際にアレルギー反応を見た事がないので、内心信じていないだろうとスージーは言った。

「そうですね……じゃあ、簡単なテストをしましょうか」

タクマは、スージーに持ってこさせた服を渡すように言う。服を受け取ったタクマは、襟のあたりから糸を取り、スージーとトリスに渡した。

「タクマさん？」

「その糸を、マギーとショーンの腕に貼ってください。アレルギー反応が出ると、かぶれてきますから」

タクマは簡単なパッチテストを行おうとしているのだ。

スージーとトリスはマギーとショーンを連れてくると、二人をあやしながらタクマから渡された糸を腕に貼った。それから五分後、二人は痒みを訴えた。

糸を外して、マギーたちをパミルの前に連れていく。そして、二人の腕をパミルに確認させると――

「……かぶれてる」

「ええ、かぶれていますね。これはこの服にアレルギー反応を起こしている証拠です。もし、かぶれているだけと考えているならそれは甘いです。この反応が酷くなると、命を失ったりもするのです」

タクマはアレルギーの怖さを強く警告した。

あまりにタクマが真剣に言うので、それまで半信半疑だったパミルは生唾《なまつば》を呑んだ。そして、改めて自分の行動を後悔する。

「タクマ殿、どうすれば、この子たちのアレルギー反応が出ないようにできる？」

「大人であれば、その物質を避けて生活する事も可能でしょう。ですが、二人はまだ子供です。いつ触れてしまうか分からない。だから、今のうちに治しましょう」

パミルは治す方法があると聞き、少しだけ表情が和《やわ》らいだ。

タクマは、アイテムボックスからエリクサーを取りだす。

「え？　赤いポーション……まさか……」

「嘘でしょ？　そんな……何であれをタクマさんが持ってるの？」

スージーとトリスは商家の生まれだ。親からポーションなどの知識を叩きこまれているので、タクマの持っている物が何かピンと来たようだ。

一方、パミルは分かっておらず、ボーッと見ている。

タクマはスージーとトリスに「黙っているように」とジェスチャーをする。二人はタクマの意図を理解して口を噤《つぐ》んだ。

「よし。二人ともおいで」

マギーとショーンを呼ぶと、二人は不安そうな面持ちでタクマの前に立つ。

「そんなに怖がらなくても大丈夫。この赤い飲み物を飲めば、痒くなる事はなくなるよ。今、赤くなってる箇所も治るからね。さあ、蓋を開けて全部飲んでみな」

エリクサーを渡すと、二人は一気に飲み干した。

すると、二人の身体が薄い光に包まれる。それと同時に、腕のかぶれも治っていった。

そのまましばらく待っていると光が収まったので、タクマは二人を鑑定する。

「よし、アレルギーは消えたな。二人とももう大丈夫。あの服を着ても、もう痒くなる事はなくなったぞ」

タクマは二人を安心させるように笑顔で撫でてやる。

「もう痒いのない？」

「ああ」

タクマが断言すると、二人は安心したように笑みを浮かべた。

「さあ、身体も治ったんだから、お外で遊んでおいで。うちの子たちが待ってるよ」

タクマが指を指す先には、マギーとショーンの様子を心配そうに窺《うかが》う子供たちがいた。マギーとショーンは満面の笑みで、そちらへ走りだしていく。

マギーとショーンが庭で遊んでいるのを見ながら、スージーはタクマに尋ねる。

「タクマさん。まさかとは思うけど、さっきの薬は……」

スージーとトリスは、タクマがエリクサーを取りだした時点で気がついていた。タクマもそれが分かっていたので、二人には隠す必要はないと考えて頷いた。

「ええ。エリクサーですね」

驚いたのはパミルである。

エリクサーは幻の薬と言われており、存在すら疑問視されているのだ。

「タ、タクマ殿、エリクサーなんて貴重な薬をどうやって……いやそんな事よりも、二人のために貴重な薬を使ってくれて感謝する。まさか、エリクサーを使うほどの病だったとは……」

子供たちの病気が命に関わるようなものだった事を改めて痛感したパミルは、タクマに深く感謝した。スージーとトリスも、同じように頭を下げる。

「取り返しのつかない事にならなくて良かったです。あの子たちは、この国の未来でもあるのですから、失うわけにはいきませんし」

タクマはそう言って、三人の頭を上げさせる。

そして、パミルに厳しい顔を向ける。

「あなたは子供の信用を失ってしまった。親子といえど信用を築き上げていくのは容易ではありません。しかし、失うのは一瞬です。パミル様はこれから、失った信用を回復しなければなりません」

パミルは絶望したような表情をした。

無知からやってしまった事とはいえ、子供たちを深く傷つけてしまったのだ。許してもらうのは大変だろう。

「あなた、本当に反省しているのなら、これから一緒に償《つぐな》いましょう。あなたの行動に気がつかなかった私たちにも罪があります」

「そうね、私も手伝います。三人でもう一度あの子たちの信用を取り戻しましょう」

スージーとトリスがそう言うと、パミルは深く頷いた。

タクマは外に待機していた宰相を呼ぶと、二人を城へ戻すと伝える。

「じゃあ、お二人には城へ戻ってもらいましょう。まだ仕事があるでしょうから」

タクマの言葉に、宰相は頷く。

それからタクマはパミルに耳打ちする。

「今回の事は貸しにしておきます。子供たちの信用を必死で取り戻してください。それができなかった場合は、エリクサーの金額をきっちりと請求しますから」

笑みを浮かべて言うタクマに、パミルは表情を曇らせた。どうやって信用を取り戻したらいいか分からないのだろう。

タクマはパミルと宰相を城へ送った。


タクマが戻ってくると、スージーは改めて頭を下げる。

「タクマさん。本当にありがとう、あの人を連れてきてくれて。そうでなければ、あの人はずっと子供たちの信用を失ったままだったわ」

タクマがパミルを改心させた事を、スージーとトリスは感謝していた。

子供たちが治ったのも嬉しい事だが、それと同じくらい、パミルにやり直すチャンスを与えてくれた事が嬉しいという。

「まあ、俺的にはパミル様に腹を立てただけです。子供のアレルギーは相当につらいそうですからね。とにかく治せて良かったです」

タクマがそう言うと、二人は何度も頭を下げた。

それからタクマは、二人に提案する事にした。マギーとショーンのアレルギーはなくなったが、良いイメージがない服を着せるのは好ましくない。なので、二人に服をプレゼントしたいと思ったのだ。

「貴重な薬を使ってもらったのに、さらに服まではもらえないわ」

スージーは慌てて断ろうとる。

しかしせっかくの社交界デビューである。タクマは、嫌な思い出のある服で晴れ舞台に立ってほしくないと思っていた。

「悪いイメージが付いていると、縁起《えんぎ》も良くないですから。俺からのプレゼントという事で受け取ってください」

タクマは強引にそう言うと、外で遊んでいる子供たちを呼び寄せる。

「どうしたのー？」

「おやつー？」

すぐに集まってきた子供たちに、タクマはマギーたちの服の事を話した。すると、みんなで選びたいと騒ぎだす。

「分かった、分かった。じゃあ、マギーたちを連れて執務室へ行っててくれるか？」

子供たちはマギーたちの手を引いて執務室へ向かっていった。

「さて、ちょっと行ってきますので、お二人はお茶でも飲みながらゆっくりしててください」

タクマはそう告げたものの、二人は参加したいと言った。

「そうですね……では、服選びの際の事は、いっさい見なかった事にしてくれれば」

秘密にすると約束をした二人と共に、タクマは執務室へ移動する。

◇ ◇ ◇

タクマとスージーたちが執務室に入ると、子供たちは今か今かとそわそわしていた。

「おとうさん！　早く、早く」

急かす子供たちを落ち着かせ、タクマはスージーたちをソファーに座らせた。

そして、ＰＣを立ち上げて異世界商店を開く。

「おじちゃん。これなあに？」

「板が光って、何か映ってます……」

マギーとショーンは初めて見るＰＣに興味津々だ。

スージーとトリスは、これから何が起こるのか不安そうに子供たちを見ていた。タクマの子供たちは慣れたもので、早く服のページを見せるように急かしている。

「みんな落ち着いてな。そんな騒がしくしていると、マギーたちのお母さんに笑われるぞ？」

タクマの言葉を聞いた子供たちは急に静かになり、ＰＣの周りで姿勢を正して座った。スージーは周囲を見回しつつ、タクマに質問をする。

「タクマさん。二人に服をという事だけど、ここには服はないですよね？　どうなさるつもり？」

「これを使って手に入れるんですよ」

タクマは、ＰＣの画面をスージーとトリスに見せる。

「何これ……板が光って、中にいろんな服があるわ……」

初めて見る液晶画面を、二人は凝視していた。

続けてタクマは、画面を子供たちに向ける。子供用の礼服を扱っているページを表示させると、口を開いた。

「さあ、みんなで二人の服を選んであげてくれ。どういう服が必要なのか、ちゃんと聞いて選ぶんだぞ」

タクマがそう言うと、子供たちはマギーとショーンに質問しだした。しばらくそのやりとりが続き、それで二人の要望が分かったようだ。

子供たちはドレスやタキシードを選び始めた。

子供たちが選んでいる間、タクマたちは話をして過ごす。

「タクマさん、良かったのですか？　見たいと言っておいてなんですけど……これってあなたの機密事項よね？」

スージーとトリスは、商人としてのタクマの生命線が異世界商店だと分かったようだ。

「まあ、だからこその約束ですよ。これを知っているのは、俺の家族とコラル様、そしてお二人だけですから」

「なるほど……分かったわ。何があっても漏らさない。タクマさんとは家族ぐるみで仲良くしたいもの」

「ええ、子供たちがここまで仲良くなっているのですから、私たちの勝手で引き裂くような事はできません」

二人はマギーたちのためにも、約束は厳守すると言った。

「そう言っていただけるとありがたいです。そうだ！　今日は四人でお泊まりになられてはいかがですか？　大した事はできませんけど……」

「「良いんですか⁉」」

タクマの突然の申し出に、スージーとトリスは身を乗り出すように確認する。

二人の勢いにタクマは身を仰《の》け反《ぞ》らせ、言葉を続ける。

「え、ええ……構いませんよ。部屋はありますし、ここには女性も多く住んでいますから、女性同士話をしてみたら良いと思います」

スージーとトリスはすごく嬉しそうに頷いた。

パミルの反省を促すためというわけではないが、スージー、トリス、マギー、ショーンがタクマの家に泊まる事に決まった。

「前から同世代の女性たちと、気兼ねなくお話をしたかったの！」

「城にいると、気軽に話せる人なんていないから……」

二人とも、城での暮らしに相当ストレスがあった。

元々貴族ではなかった二人にとって、久々に身分を気にせずに話せるのが嬉しいようだ。タクマの家族たちは彼女たちが王族である事は知っているが、必要以上に気を遣ったりしなかった。

母親たちがタクマの家に泊まれると喜んでいると、子供たちが服を選び終えたようだ。

「おとーさん！　きまった！」

「可愛くて、カッコいいの！」

子供たちはやりきった充足感からか、笑みを浮かべてタクマに確認するように言う。

「お、決まったのか。どれどれ……」

画面を見ると、カートの中にはドレスとタキシードが入っていた。それに合う靴もチョイスされている。

マギーの服は、真っ白なシルクのドレスだった。

着心地がよさそうだという理由でシルクにしたそうだ。首と肩にはレース、スカートにはフリルがあしらわれ、実に可愛らしい。

靴も白で、足首にはピンク色のリボンが結べるようになっている。

ショーンのタキシードはスタンダードなタイプだった。

立て襟ひだ胸のシャツ、黒の蝶《ちょう》ネクタイ、黒の革靴。ジャケットは黒のシングル三つボタンで、真後ろにスリットの入った燕尾型《えんびがた》。パンツはお腹に当てるカマーバンドが付いた、本格的なスラックスだ。

【魔力量】　：∞
【カート内】
・シルクドレス　：20万
・靴　：2万

・タキシードセット　：19万
・靴　：2万5000
［合計］　：43万5000

「すごく良いチョイスだ。みんな用途が分かっているみたいで良かった」

タクマはそう言って子供たちの頭を撫でる。

そして、選んだ服をスージーとトリスにも見せた。

「あら、良いわね」

「ええ、二人が着たらきっと似合うわ」

スージーとトリスも太鼓判《たいこばん》を押したので、タクマは購入するのだった。

12　初めてのお泊り

急遽《きゅうきょ》泊まる事になった四人のために、急ピッチで準備が進められた。

王族を満足させるために用意された、夕食のメニューは二種類である。

一つは、スージーとトリスのための和食。

王族は普段から豪華な食事をしているので、あえて健康的な物にしたのだ。これはファリンが先頭に立って準備を進めている。

もう一つはＢＢＱ《バーベキュー》だ。こちらはマギーとショーンを楽しませるための料理である。

なぜ大人と子供で分けたのかというと、たまにはスージーとトリスを子育てから解放してあげようという配慮だった。


「タクマ様。ちょっとよろしいでしょうか？」

タクマが庭で子供たちと一緒にＢＢＱの準備を進めていると、アークスに呼ばれた。振り向くと、礼服に身を包んだアークスが立っていた。

「いや、何で礼服なんて着ているんだ？」

タクマが首を傾げると、アークスはため息をつく。

「タクマ様……一般の奥様方を泊めるのとは、わけが違います。だからこそ、城に上がって報告しませんと。タクマ様はいつも通りの格好でも良いでしょうが、従者である私は正装をしなければなりません。準備がある程度終わりましたら、一緒に城へ行きましょう」

タクマはあからさまに嫌な顔になる。

「……マジか」

「ええ、王族の皆様が楽しめるように、ここの主《あるじ》であるタクマ様はちゃんと根回ししておきませんと」

アークスの言う事はもっともだ。結局、タクマはアークスと共に城へ行く事になった。

ひとまずスージーとトリスは夕夏に任せ、マギーたちの面倒は、年長組のヒュラを中心にやらせる事にした。

出発前、家族のみんなが集まった。

「話は聞いたわ。スージー様とトリス様は任せて。楽しい女子会にするわよ」

「お父さん。僕たちも、マギーとショーンに楽しんでもらえるように頑張ります」

「任せて！　ちゃんと面倒見るから！」

「……問題ない……だからお仕事頑張って……」

「ご飯もお風呂もちゃんとするから大丈夫！」

「お父さんの代わりにちゃんとお世話する」

夕夏もヒュラたち年長組もしっかりと自分の役割を分かっていた。タクマは安心して、笑顔で頼んだ。

「じゃあ、任せるからな。初めての泊まりのお客さんだ。楽しんでもらえるように頑張ってくれ。俺はアークスと共に城へ上がるから」

そう言ってタクマたちは、家の事を夕夏たちに任せて出掛けるのだった。

◇　◇　◇

「おいしー！　何これ？」

タクマがいなくなった湖畔で、子供たちのＢＢＱが始まった。

マギーとショーンは楽しそうに食事をし、その傍らではヒュラを始めとした年長組が小さな子供たちの面倒を見ている。

ＢＢＱの会場には大人組の男たちもいる。だが、責任者はヒュラたちなので、優しい眼差しで見守りながらもしっかり気配りしていた。

「これは、タクマお父さんが味付けをしたお肉だよ。調味料をたくさん擦り込んでいるから、いろんな味がするでしょ？」

「うん！　すごくおいしいの！　甘くて、しょっぱいの！」

マギーは豪快に焼かれていく肉を見て楽しそうにしていた。ショーンも気兼ねする事なく食事をしている。

マギーが、タクマの子供たちにお願いする。

「ねえねえ、ヴァイスたちにお肉あげていい？」

すると、ショーンは慌ててやめるように言う。

本来、従魔というのは主人以外の言う事を聞かない。タクマがいないので、従魔から攻撃を受ける危険性もあるからとショーンは止めたのだ。

ヒュラが、マギーとショーンに優しく語りかける。

「大丈夫。ヴァイスたちはマギーたちを絶対に攻撃しないよ。ヴァイスたちはとても賢いんだ。僕たちの言っている事も分かっているってお父さんは言ってたし……ヴァイス、マギーたちが一緒に食べようだって」

「アウン？（良いの？）」

ヴァイスはゆっくり二人に近づくと、静かに頭を身体に擦りつけた。

「わあ！　フワフワだー」

マギーはそう言って皿を置いてヴァイスの毛並みを堪能《たんのう》した。

「ほら、ショーンはヴァイスにご飯をあげてみて」

ヒュラはショーンを促して、ヴァイスに食べさせるように言う。ショーンは恐る恐る肉をヴァイスの口に運ぶ。

ヴァイスは嬉しそうにその肉を頬張った。

「あ！　食べた！　すごく大人しいんだね」

「うん。ヴァイスたちは子供が大好きなんだ。ね、ヴァイス？」

「アウン！（子供好きー！）」

マギーとショーンは、初めてのＢＢＱとヴァイスたちとの触れ合いで、終始笑顔で楽しい時間を

過ごした。

それを近くで見たヒュラたちは、二人の様子に嬉しそうに頷いた。

◇　◇　◇

王妃二人を含めた女性陣は、外で楽しいＢＢＱが行われているのを見ながら、居間で食事を進めていた。

「礼儀正しいあの子たちが、あんなにはしゃいでるなんてね……」

スージーはそう呟きながら、肉じゃがを食べた。

「そうね。普段はしっかりしたマナーで食事しないといけないから。ここではいつもあんな感じなのかしら？」

トリスは漬物を口にして、夕夏に聞く。

「いつも和気藹々《わきあいあい》としているわね。ただ食事中のマナーは、普段はもっとちゃんとしているんじゃないかしら」

実際、食事中でも騒がしく食べてはいるが、最低限のマナーは守らせていた。口に食べ物が入っている時はしゃべらない、食事中に歩き回らない、といった基本的なルールはある。

スージーとトリスは一般人の食事風景を久しく見ていないので、タクマの家族の様子は珍しく感

ゲーム世界系

VR・AR様々な心躍るゲーム
そんな世界で冒険したい!!
プレイスタイルを
選ぶのはあなた次第!!

とあるおっさんのVRMMO活動記

椎名ほわほわ

VRMMOゲーム好き会社員・大地は不遇スキルを極める地味プレイを選択。しかし、上達するとスキルが脅威の力を発揮して…!?

既刊20巻

THE NEW GATE

風波しのぎ

目覚めると、オンラインゲーム(元デスゲーム)が"リアル異世界"に変貌。伝説の剣士が、再び戦場を駆ける!

既刊16巻

のんびりVRMMO記

まぐろ猫@恢猫

双子の妹達の保護者役で、VRMMOに参加した青年ツグミ。現実世界で家事全般を極めた、最強の主夫がゲーム世界で大奮闘!

既刊9巻

価格:各1,200円+税

人外系

人間だけとは限らない!!
亜人が主人公だからこそ
味わえるわくわくがある♪

Re:Monster

金斬児狐

最弱ゴブリンに転生したゴブ朗。喰う程強くなる【吸喰能力】で進化した彼の、弱肉強食の下剋上サバイバル!

第1章:既刊9巻+外伝2巻　第2章:既刊2巻

さようなら竜生、こんにちは人生

永島ひろあき

最強最古の竜が、辺境の村人として生まれ変わる。ある日、魔界の軍勢が現れ、秘めたる竜種の魔力が解放されて——

既刊18巻

邪竜転生

瀬戸メグル

ダメリーマンが転生したのは、勇者も魔王もひょいっと瞬殺する異世界最強の邪竜!?——いや、俺は昼寝がしたいだけなんだけどな……

全7巻

価格:各1,200円+税

じられた。それに、食事を大人数でするというのも新鮮だった。

「ここに住んでいるのはみんな対等だから、食事も一緒で良いのよ。たくさんの人と食事をするのは楽しいでしょ？」

夕夏はそう言ってスージーたちに笑いかける。

「ええ、すごく楽しいわ。誰に気兼ねをする事もないし、自分のペースで食事を進められるのは本当に楽だわ」

そんなふうに、子供の成長や旦那《だんな》の愚痴《ぐち》などを言いながら、楽しい食事タイムを過ごした。

そして全員が食事を終えたタイミングで、ファリンがデザートを持ってくる。

「さあ、今日は女同士の食事会だし、ミカに聞いてデザートを作ってみたの。食べてみて」

ファリンがテーブルに並べたのは、色とりどりのスイーツだ。

レアチーズケーキ、ショートケーキ、チョコレートケーキ、ミルフィーユ、イチゴのタルト、プリンの六つで、タクマが材料を用意し、ミカの監修で作られたものだ。

スージーとトリスはケーキを見て、目を輝かせている。

「何これ！　可愛い！　甘い香りもするわー！」

「しかもいろんな種類が……こんなの城でも見た事ないわ！」

「ふふふ。でも驚くのはこれからよ。好きな物を取って食べてみて」

ファリンはそう言って全員に取り皿を配る。

すると、みんな一斉に思い思いのスイーツを皿に取った。

「い、いい!? 食べていい？」

スージーはフォークを片手に、待ちきれないといったような表情でファリンを見る。

「どうぞ。いっぱい食べてね」

ファリンの言葉を聞いて、二人はチーズケーキを口に入れた。

「「!!」」

チーズケーキは口の中で溶け、口内に濃厚なチーズの風味とまろやかさを広げた。甘すぎずスッキリとした味で、それもまたチーズの風味を引き立てていた。

「ふあー」

スージーは思わずため息をつき、幸せそうな顔でチーズケーキを食べた。

それから女性たちは、あっという間にすべてのスイーツを堪能するのだった。チーズケーキ以外のスイーツも甘さは控えめだが、贅沢な仕上がりとなっていた。

「ああ……幸せ……こんな贅沢をできるなんて……」

「ええ、ここは天国かしら……」

デザートを思う存分楽しんだスージーとトリスは、食後のお茶を飲みながら、至福の時間を反芻《はんすう》している。だがそこは母親なだけあって、子供たちのケーキは確保していた。

タクマの家族たちも、幸せそうな顔でお茶を飲んでいる。

スージーとトリスは夕夏に頭を下げる。

「ユウカさん、今日は本当にありがとう。この歓待もそうだけど、あなたの旦那様には本当に感謝してるわ。子供たちの身体を治してくれただけじゃなくて、あんなプレゼントまで……」

二人はそう言って、部屋の片隅に置かれたドレスとタキシードを見る。

「いえいえ、二人のお子さんの事を考えた結果ですから。遠慮なくもらってください」

「ただ、あの子たちには少し大きいみたいだから、ちょっと直さないとだめね」

スージーが言うように、タクマが用意したドレスとタキシードは、マギーとショーンの身体には少しだけ大きかった。

「え？　タクマがサイズを間違えるはずないんだけど……」

夕夏はドレスを調べると――ただのドレスではなかった。生地自体から、若干魔力が漏れていたのだ。

「もしかしたら……」

夕夏はミカを呼び、リュウイチを連れてきてもらう。

スージーは、不安そうに夕夏を見る。

「何か変なところがあるの？」

「いえ、そうじゃないんです。たぶん私の予想が合っていればこのドレスは……」

夕夏が、ドレスとタキシードにどんな仕掛けがあるのかを言おうとすると――ちょうどリュウイチがやって来た。

「夕夏さん。何でしょうか？」

女性ばかりの場所に連れてこられ、リュウイチは当惑している。

「ごめんね。ちょっとこのドレスを見てほしいんだけど」

リュウイチがドレスを見ると、すぐにそれが普通の服でない事が分かった。

「これ、サイズ調整できる魔法が付与されてますね。帯びている魔力がタクマさんのものですから……きっと、子供の成長を考えたんじゃないでしょうか。ドレスを着ると自動でサイズを合わせてくれるようです」

このドレスは異世界商店で購入した既製品ではあるが、マギーたちの身体に合うように、タクマが魔法を付与していたらしい。

スージーとトリスは、タクマの心遣いに感動するのだった。

◇　◇　◇

王妃一行が羽を伸ばしている頃、タクマはアークスと共に謁見《えっけん》の間に来ていた。

二人の王妃と子供がタクマの邸に泊まる事になったのを報告するはずだったが、パミルが子供たちのアレルギーに気づけなかった話題になる。

パミルは申し訳なさそうに言う。

「タクマ殿。よく来てくれた。今日は本当にすまなかった。無知から子供たちを傷つけた事を教えてくれて感謝する」

深く頭を下げるパミルに、タクマは告げる。

「いえ、分かっていただければ問題ないかと。ただ、子供たちの信用を取り戻すのは大変だと思います。二人は相当傷ついていましたし」

「……ああ、そうだな。我は言ってはいけない事を口にしてしまった」

パミルは子供たちを傷つけた事を悔いていた。

「子供は自分の異変を気づいても、それを上手く訴えられないものです。これからは子供たちの話を聞く事をお勧めします。それと、今回のような事がないように、これを献上しようかと思います」

タクマはアイテムボックスから十冊の書物を出す。それを宰相に渡し、再び話し始めた。

「これは俺がいた世界の家庭向けの医学書です。この世界の医学よりは進んでいると思ったのでお持ちしました」

宰相から、プレゼントされた本のうち一冊を受け取ったパミルは、表紙の題名を確認する。

「何だこれは？」

タクマが渡したのは、昔は日本のどの家にも一冊はあったという、家庭向けの医学書だ。具合が悪くなった時に、症状から病名を検索できるという仕組みになっている。それに加えて、アレルギーの専門書、身体の仕組みについて書かれている本も渡した。

「困った時に役立ちますし、この世界の医学の発展のきっかけになればと思い、お持ちしたんです。専門に研究している方なら、その重要さは分かると思います」

それからタクマは、スージーたちが湖に泊まっていく事を伝えた。

パミルは寂しそうな顔をしながらも了承した。本当は「羨ましい」「自分も行きたい」と考えていたが、さすがに今日は何も言えなかった。

パミルはタクマに尋ねる。

「で？　タクマ殿はスージーたちが泊まる事と、本の献上だけで来たのか？」

「いえ、一人で夜を過ごすのはつらいでしょうから、これをお持ちしたんです」

タクマはアークスに目配せをすると、さり気なく用意してきていた酒を渡した。

「気が利くな……そうだ、せっかくだし皆で飲まんか？　さすがに今日は誰かと飲みたい気分だしな」

パミルがそう言うと、宰相はすぐに動き、使用人に指示を出した。

「いや……俺たちは帰……」

嫌な予感がしたタクマは断ろうとしたのだが——逃げられなかった。

宰相が怖い笑みを浮かべて、タクマを見ていたからだ。まるで「自分だけに面倒を見させるな」と言わんばかりの顔で。

タクマは深いため息をついて、アークスに小声で話かける。

「これは長くなるパターンじゃないか？」

「ええ、長い夜になるかと……」

タクマとアークスは苦笑いをして、覚悟するのだった。


その後、準備は整い、城の生活エリアへ移動する。

そこには、いろいろな食べ物が並んでいた。

「さあ！　今日は飲むぞ！」

パミルはそう言うと、タクマから受け取った酒の封を開ける。今回、タクマが持ってきたのは、彼がいつもコラルに売っている酒だ。

パミルがお酒を飲む場合、酒を注いだりサーブしたりする者が同席するのだが、タクマがそれを望んでいないのに配慮し、部屋にはタクマ、アークス、宰相、パミルだけであった。

パミルは「今日は無礼講《ぶれいこう》だ」と言って、自らボトルを持って全員分のグラスに酒を注ぐ。

アークスは断ろうとしたが、パミルに客人として飲むように言われてしまう。タクマがアークスに「お言葉に甘えるように」と言うと、彼は困った表情で酒を受け取った。

「さあ！　今日はトコトンいこう！　乾杯！」

パミルはテンション高くそう言い、一気に酒をあおる。

「かぁー！　さすがタクマ殿が持ってくる酒だ！　香り、味、すべてが最高だ！」

満足そうに頷くパミルは、どんどん酒を注いでは飲んでいく。

その様子を目の当たりにしたタクマ、アークス、宰相は同じ事を考えた。

(((これは、後が大変そうだ……)))


二時間後。

タクマの目の前には、へべれけになったパミルがいる。

「タクマ殿～～。どうしてトーランにだけ富をもたらすのだ～？　少しぐらい王都にも頼めないか～？」

タクマと肩をがっちりと組んでそう言うパミルを、宰相は慌てて止める。しかしタクマは宰相を制止して、好きに言わせておくようにした。

「しかし……パミル様の言っている事は……」

「まあまあ、確かに俺がトーランばかりに富を与えているのは本当ですし。ただ、それは自分の家族がいるからです。パミル様も普段はそう考えて何も関わってこないのでしょう。内心は羨ましいと思っていても不思議ではないですから」

タクマがそう言うと、パミルはさらに続ける。

「だがなぁ。今日は国に大切な物をもらった！　つらい事もあったが、最後は民のためになる本をもらえた！」

パミルは医学書をもらえた事が嬉しかった。原因が分からず放置するしかなかった病気をこれで解決できると言う。

「嬉しい！　嬉しいぞ！　病で苦しむ者が少しでも減ってくれれば、それだけ国は栄えるのだから！」

タクマに絡みながら、パミルは機嫌よく酒をあおっていく。

しかし、タクマたちは思うのだった。

この人、際限なく飲むな、と。

◇◇◇

さらに数時間後。

すでに夜が明けようとしているが、タクマと宰相はまだ飲んでいた。

なお、パミルはすでに酔いつぶれている。

タクマと宰相はパミルを横目に、静かに酒を酌《く》み交わしていた。アークスはパミルがぐっすり寝られるようにと、城の使用人と共にいろいろと動いている。

「タクマ殿。本当に申し訳なかった。先ほどまでのパミル様の醜態《しゅうたい》は……」

宰相は苦笑いをしてため息をつく。

タクマは笑顔で「大丈夫だ」と答え、さらに続ける。

「酒の席での事はすべて忘れましょう。俺は何も見ていませんし、聞いていませんから」

宰相はホッと息を吐いて安堵した。

「宰相様も大変ですね……酒の席でまでパミル様の尻拭《しりぬぐ》いのような事をしなければいけないとは……」

「ザインで良い。コラルを名で呼ぶのに、いつまで私は役職呼びなのだ？」

タクマの言葉を遮《さえぎ》って、宰相ザインは言う。

「呼び慣れてしまっていますからね……では、ザイン様で」

タクマがそう言うと、ザインは満足げな表情をした。

「タクマ殿。言っておくが、パミル様のこのような姿は私も初めてだ。よほど君と酒を酌み交わすのが楽しかったのだろう。ただ、あれはいただけないがな」

ザインはパミルの方に目を向けた。

パミルは酒に飲まれる事はないそうだ。常に非常時を考え、行動ができなくなるまでは飲まないという。

今回はタクマがいた事で安心していたのだろうと、ザインは言った。

「……パミル様が酒の勢いで言っていた事は忘れてくれ。トーランの発展が羨ましいのは確かだ。だが、その恩恵は国に広がりつつある。王都に恩恵を与えなくとも、国は豊かになっているのだ」

それからザインは酒を一気にあおると、少し話題を変えた。

「ふう……それに、先ほど君がくれた医学書も、国を発展させるだろう。今まで分からなかった病気が救われるかもしれんのだからな」

「そうですね……ですが、渡した医学書は俺がいた世界の物に過ぎません。あまり過信するのは……」

「分かっている。君のいた世界とこの世界を同じように考えるのは危険だ。そこは、この世界の者たちが研究し、情報を精査すればいいのだ」

タクマの危惧している事をザインは理解していた。

地球とヴェルドミールで病気の原因が同じとも限らないし、人の身体の仕組みさえ違うかもしれないのだ。

「そうですね。俺も医学については知らない事がほとんどなので、後は丸投げしておきましょう。あの本はきっかけでしかありませんから」

「ははは！　そうだな。しっかりと目を光らせる必要はあるだろうが、良い変化をもたらしてくれるだろう」

タクマとザインは笑い合った。

結局、タクマとザインは、完全に朝になるまで飲み明かしてしまった。二人は苦笑いをしながら宴会をお開きにする。

「さあ、今日からまた忙しくなる。その前に楽しい時間を過ごせて最高だったぞ」

ザインは水を飲みながら言う。

「よく酔えましたが、このまま仕事ではいろいろと支障があります。とりあえず酔いを醒《さ》ましましょう」

「そうだな……すまんが頼む」

タクマはザインの前に立つと、自分とザインの身体にあるアルコールがなくなるようなイメージで魔法を発動させた。

二人の身体からアルコールが抜けていく。眠気まで取れる事はないが、それでもスッキリした。

いつの間にかアークスがタクマの後ろに控えていた。

「タクマ様。お帰りでしょうか」

「ああ、帰ろう。ザイン様。俺たちはここで失礼します。パミル様によろしくお伝えください」

タクマはザインに頭を下げる。

「分かった。また機会があったら飲もう。できればパミル様抜きでな」

ザインは笑って言った。

冗談だと分かっているので、タクマは笑いながら応える。

「ええ、ぜひとも」

タクマとアークスは人払《ひとばら》いをしてくれたのを確認して自宅へ跳んだ。


タクマたちがいなくなった後、ザインはパミルの傍に移動して声をかける。

「パミル様。起きているのでしょう？」

パミルはムクリと身体を起こした。

「気がついていたか……」

「もちろんです。何年の付き合いだと思っているのですか？　それに……タクマ殿ももちろんですが、あの従者も気がついていましたね」

パミルは明るくなる頃には目を覚ましていた。ただ、タクマとザインがとても楽しそうに話していたので邪魔をするのが憚《はばか》られたのだ。

「確かに楽しかったですな。彼は貴族として私を見ませんからな。一人の人間として接してくれるのは新鮮です」

パミルもザインと同じ意見だった。

確かに軽い敬語くらいは使ってはいるが、タクマの態度は相手が誰であろうとほとんど変わらない。二人はそうした扱いが嬉しかった。

◇　◇　◇

「わあ……きれいなお風呂！」

「フフフ……マギーはお城以外で入浴するのは初めてだものね。ほらほら……しっかりと身体を流してから入るのよ」

「はーい！」

スージー、トリス、マギーの三人は、タクマの家のお風呂に驚いていた。

広さは城よりもこぢんまりとしているが、それでも広い部類だ。三人は身体を洗い、湯船に入った。

「ふう、一般の家庭でここまでのお風呂を完備してるなんて……さすがタクマさんね」

スージーは湯船に浸《つ》かりながらホッと息を吐くと、トリスが話しかける。

「ねえ、スージー。夕夏さんから聞いたのだけど、このお風呂っていつでも入れるんだって。常にお風呂に入れるなんて、私たちよりも贅沢だと思わない？」

城の風呂は毎日決まった時間でないと入れない。それは準備に時間がかかるからだ。だが、タクマの家ではそんな必要はない。

スージーが別の点を指摘する。

「それに、このヒノキだったかしら？　木の浴槽から良い香りがして何か安心するわね。あと、身体を洗う時の石鹸《せっけん》もすごく良い匂いがしたわ……」

二人は特に石鹸が気に入ったらしく、タクマに石鹸を譲ってくれるように頼もうと心に決めた。

その後、しっかりと身体を温めてから風呂を出る。脱衣所には三人のために着替えが用意されていた。

それはパジャマだった。マギーのは兎《うさぎ》のプリントが可愛いデザインの物。スージーとトリスには、シンプルな藤色をしたシルクのパジャマが用意された。

「可愛いー！」

パジャマを抱きしめるマギーに、スージーは早く着るように促す。

せっかく温まっているのに、湯冷めをしてはいけないのだ。自分たちもパジャマに着替えると、居間へ戻る。

「あら。似合っていますね。マギー様もお似合いですよ」

夕夏は三人を迎え、そしてマギーに話しかける。

「ショーン様も移動されてますが、みんなと一緒に寝ましょう。うちの子たちも待っていますよ」

マギーはなぜか楽しそうに、使用人に案内されていった。

夕夏は、スージーとトリスに一緒にお酒を飲まないかと誘った。

「いいわね。たまにはバチは当たらないわよね？」

「ええ。ここではハメを外しても良いんじゃないから？」

二人は嬉しそうな顔でソファーに座った。

テーブルには、赤ワインや日本酒が並んでいる。夕夏はワインの栓を抜き、グラスに注いでいった。

三人はグラスを手に取り乾杯する。

スージーとトリスはさっそくワインを飲んだ。二人の口の中に、芳醇《ほうじゅん》なブドウの香りが広がっていく。

「これは……今まで飲んだワインの中で一番美味しい……」

「これを飲んでしまったら、他のワインが全部霞《かす》んじゃうわ」

二人は、注《つ》がれたワインをあっという間に飲み干してしまった。夕夏は笑顔でワインを注ぎ足した。

「ユウカさん！　これもあなたの世界のお酒なの!?」

「そうですよ。ただ、私たちが住んでいた国のワインではありませんけどね」

二人は、タクマたちの住んでいた世界ではこんな上質なお酒をいつも飲めるのかと驚きを隠せなかった。

そこからは三人でお酒を酌み交わしながら、楽しい時間を過ごしていく。

二時間後。

スージーとトリスは顔を真っ赤にして、パミルの愚痴をこぼしていた。

「まったく、あの残念亭主は困ったものよねぇ～」

「そうそう。自分の子供の言う事を信じられないなんて！　しかも、まだ確認してないから言うなって言ったのに、あれだもの」

夕夏は苦笑いをして受け止めていた。

「ねえ！　ユウカさん！　聞いてる!?」

「聞いてますよ。でも、アレルギーに関しては知らなかったんですよね？　それだったら仕方のない面も……」

夕夏はフォローを入れようとしたが、二人の勢いは止まらない。

「知らない事を責めてるんじゃないの。あの子たちを信じてくれなかった事に怒ってるのよ！」

「そう！　あの子たちがつらいと言った事を、わがままの一言で済ませようとするなんて！」

タクマの前では比較的落ち着いていたが、そこは王族のプライドだったのだ。酒の入った今、怒りが再燃してしまった。

だが、そう文句を言っても、気遣う事は忘れていない。

「許せない……でも、これからはしっかりと耳を傾けると言っていたから、協力はしていくつもりよ」

「そうね。次も同じ事を繰り返すなら、厳しい罰が必要だわ」

二人は怪しげな笑みを浮かべた。夕夏は背筋にゾクッとする感覚を味わう。

こうして三人は夜が更《ふ》けるまで、思い思いの愚痴を吐きだしていくのだった。

◇ ◇ ◇

タクマとアークスが自宅に戻ってくると、居間は酒の匂いが充満していた。

夕夏と王妃二人がテーブルに突《つ》っ伏《ぷ》している。どうやら女性陣も飲み明かしてしまい、力尽きたようだ。

「おいおい……こっちもか？　女性がこれはいただけないぞ」

タクマはそう言いながらアークスに片づけを指示しようとしたのだが、アークスはすでに動き始めていた。

「タクマ様。片づけは私がやりますので、三人をどうにかしていただけますか？　子供たちも起きてこないようですし、今のうちに起きてもらいませんと」

子供たちは夜更かしをしたようで、まだ起きてきていない。その隙に、タクマは三人を起こす事にした。

まずは夕夏を起こす。

「まったく……夕夏。起きろ」

タクマが夕夏の肩を揺すると、夕夏はゆっくり目を開ける。

「ん……んん……あら？」

タクマはため息をつきながら言葉をかける。

「あら？　じゃない。いくら気兼ねなくといっても飲み明かすのはやりすぎだぞ。この姿を子供に見られたらどうするんだ？」

静かに注意を受けた夕夏は、自分たちが時間を忘れて飲んだうえに、そのまま酔いつぶれてしまった事を理解したようだ。

「ご、ごめんなさい！　楽しくてつい……っ！　頭が痛い……それに気持ち悪……」

「まあ、城でも似たような事になってたから構わないんだが、さすがに酔いつぶれるのはいただけないぞ。ここには子供たちがいるんだから。まあ、子供たちも寝坊しているみたいだし、今のうちに二人を起こしてくれ。さすがに俺が起こすわけにもいかないから」

タクマは王妃二人を指して起こすように促す。

「うえっ……分かった……」

青白い顔をした夕夏は、スージーとトリスを起こす。

「スージー様、トリス様。起きてください。もう朝です。早く起きないと子供たちが起きてきてしまいます」

夕夏は二人の肩を叩き続けていると、二人は目を覚ました。

「ううん……う……気持ち悪い……」

「ううう……水……」

スージーとトリスの寝起きは悪くなかったが、夕夏と同じように二日酔いだった。起きたのを見計らって、アークスが冷たい水を持ってくる。

「あ、ありがと……」

「ああ……ちょっと楽になったわ……」

「でも、気持ち悪い……」

タクマは三人に注意する。

「まったく。お二人まで飲みすぎです。意識を失うまで飲んで、寝室に戻れなくなってしまうというのは淑女《しゅくじょ》としてどうなんでしょうか。次からは自重をお願いします。子供たちに見られたらどうするのです……それと、夕夏、分かっているよな？」

タクマの言葉に夕夏は頭を下げ、王妃二人も反省していた。

「はい……ごめんなさい。私が二人のお世話をしなきゃいけないのに……」

三人とも反省したので、タクマは回復させる事にした。

「とりあえず、アルコールを抜きます。楽になったら風呂に入って身支度《みじたく》を。夕夏、お二人のお手伝いを頼む」

タクマは、先ほど使ったイメージで三人のアルコールを抜いていく。すると、三人の顔色は瞬く間に良くなっていった。

「タクマさん。お手数をかけてすみません。すっきりしました」

「ごめんなさい。私も頭が軽くなりました」

反省しきりのスージーとトリスを、夕夏がお風呂へ連れていく。

居間には酒の空き瓶がたくさんあったが、アークスがきれいに片づけてくれたようだ。三人が風呂に移動した事で、使用人たちが片づけ作業に入っていく。使用人たちは王妃たちの酔った姿を見ないように気を遣っていたらしい。

タクマは使用人たちに感謝を伝えると、自室へ戻った。

着替えを済ませた後は、庭に出ていつもの運動である。なお、ヴァイスたちはとっくに起きていて森へ行っていた。

「さて、俺も徹夜だったし、多少は身体を動かしておかないとな」

タクマは庭で軽く汗を流していく。

しばらく身体を動かしていると、ようやく子供たちが目を覚ましたようだ。一人また一人と庭に出てくる。

「おとうさん、おはようございます！」

みんな元気に挨拶をしてくる。タクマは子供たちの頭を撫でて挨拶を返す。

「おはよう。昨日は楽しかったみたいで良かったな」

「うん！　マギーもショーンも楽しそうだった！」

「いっぱいお話ししたの！」

身体を動かしながら嬉しそうに話をする子供たちに、タクマは笑顔で応える。

「そうか、良かったな。まあ、今日もマギーたちが帰るまでいっぱい遊んでやってな」

「「「うん！」」」

満面の笑みで返事をする子供たちに、タクマは満足そうに頷く。


夕夏、スージー、トリスが風呂から戻ってくる。居間はすっかり片づいており、昨夜の宴がまるでなかった事のようになっている。

「ねえ、あれ何？」

スージーは窓から見える子供たちの動きに驚いていた。

夕夏にとってはいつもの光景なので平然と答える。

「あれ？　ああ、子供たちはタクマを見習って、朝起きるとああやって身体をほぐしているんです。

王妃二人は、準備運動とは思えないほど激しく運動する子供たちを見て、唖然とするのだった。

「ほ、ほぐす？　ものすごい勢いで動いているけど……」

朝から元気ですよね」


タクマと子供たちが、朝の運動を終えてやって来た。

すでにマギーとショーンも起きており、朝食を共にする事にした。楽しい会話とともに食事が進んでいく。

食後、タクマがこの後の予定をスージーに聞くと、彼女はもう少ししたら帰ると答えた。それを聞いた子供たちが別れを惜《お》しみだす。

「ええー。夕方まで遊ぼうよ！」

「そうだよー。一緒に遊ぼ」

マギーとショーンは帰りたくない様子だった。スージーは困ったような表情をしつつも、タクマの子供たちに向かって言う。

「ごめんなさいね。もう、お休みが終わってしまうの。マギーもショーンもお勉強があるから……でもまた来月も遊びに来るから、その時はまた一緒に遊んでくれるかしら」

スージーがタクマの子供たちに頭を下げると、子供たちは頷いた。

「分かった……」

「また来てくれる？」

寂しがる子供たちの問いにスージーは「ええ、もちろん来るわよ」と答えると、マギーとショーンに声をかける。

「さあ、帰りましょう」

そうして王族の四人は、晴れやかな笑みを浮かべて城へ戻っていった。

しんみりとしていた子供たちに、タクマは声をかける。

「さあ、次に会えるまで、みんなも元気でいないとな。それと、勉強や鍛錬もあるし、頑張ろうな」

子供たちは切り替えが早く、さっそくカイルの所へ向かっていった。

「さて、四人も帰った事だし、コラル様に報告に行かないと……実はパミル様との謁見の手配をやってもらっていたんだよな……」

静かになった応接室でタクマはそう呟くと、さっそくコラルの邸へ跳んだ。

◇　◇　◇

いつも通り、到着をしてすぐに使用人が現れて、タクマをコラルの所まで案内してくれる。

「来たか……ではさっそくだが、昨日の事を聞かせてくれ」

コラルはソファーに移動すると、そう言って話を促す。

タクマは、前日からの一連の騒動を丁寧に報告していった。

「なるほどな……身体のアレルギー反応か……それはそんなに危険なものなのか？」

コラルもアレルギーについては知らなかった。

タクマは自分が分かる範囲で説明する。

「アレルギー反応は個人差があるのですが、酷い場合は命の危険もあります……」

タクマがすべて話し終わると、コラルは深いため息をついて眉間《みけん》を手で押さえる。パミルの浅はかさに呆れたらしい。

「まったく……子供の信用を失ってしまうとは……いくら知らない事だったとしても、言葉を選ぶべきだったな……」

「ええ、あの言葉で子供たちは落ち込んでいましたし……もう少し違った言い方があっても良かったかと」

「しかし、その後の泥酔はいただけんな。王妃様たちは人目がない君の家だったから良いと思うが、パミル様は城内だったというしな。いくら王族の居室だからといっても良くない。宰相が注意しているだろうが……」

パミルは今頃、ザインから小言をもらっているだろうが、コラルはそれでは足りないと言って、自分も説教に参加すると言いだした。パミルは昨日から怒られてばかりだ。

その事に苦笑いをしていると——コラルの小言の矛先はタクマにも向く。

「君もだ。いくら王が子供に暴言を吐いたからといって、城に乗り込んだのはいただけん。君は自由を許されてはいるが、今回の事はやりすぎだ。下手すればパミル様との関係も悪くなっていた可能性もあるという事を分かっているのか？」

「はい。俺もやりすぎだとは思いました。次からは慎重に行動をする事にします」

タクマも自分の行動が良くなかったとは思っていたので、素直に反省の言葉を口にする。

コラルは、それ以上説教する事はなかった。

ただ、タクマの家に泊まった王妃たちの行動には思うところがあるようだった。普段城から出ない彼女たちが、相当溜め込んでいると分かったからだ。

「王妃様たちはそんなに楽しそうだったか……やはり、気を抜けるところは必要だという事だな。彼女たちの気晴らしの方法についても進言せねばならん」

コラルは王妃たちの事を気遣って、気楽に過ごせる場所を作る必要性を考えた。

「ただ、そうするにしても時間はかかる。タクマ殿。すまんが、王妃たちの息抜きのためにも、これまで通り彼女たちを受け入れてほしい」

コラルはそう言って頭を下げるが、タクマは頼まれるまでもなく、遊びに来てもらうつもりだった。

そもそも、子供たちとマギーとショーンは友達なのだ。友達の家に遊びに来るのは当たり前だ。

だが、こちらからはさすがに城には行けないので、集まるのはタクマの家となる。

タクマがそう答えると、コラルは感謝をする。

「そう言ってくれるとありがたい。王妃様もそうだが、マギー様たちも知り合いが少ないのだ。君たちと知り合った事で、息を抜く場所を見つけられたのは僥倖《ぎょうこう》と言えるだろうな」

「そう言っていただけるとこちらも嬉しいですね。家の子供たちも友達と遊べて喜んでいますし、このまま仲良くしていけたらと思います」

タクマとコラルはしばらくの間、王族との付き合い方を話し、次の話題へ移るのだった。

13　宿の設置

「タクマ殿。宿はいつ頃の設置となりそうだ？　こちらはある程度人材を集められたが……ただし、今回紹介するのは半数だ。残りは五日ほど後になる」

次に話し始めたのは、宿の事だ。

トーランで町の拡張に次いで重視されている事業なので、タクマの宿ができるのを急ぎたいらしい。

「では、人材の顔合わせは明日でお願いします。俺の方は今日中に宿の設置を行い、スミス一家に話を通しておきます。それで人材の条件の方は……」

「うむ。スミス一家の事は話してあるし、彼らが庶民だからといって見下すような者は選んでない。それに、相談役には商業ギルド長が就くのだろう？　そんな宿でおかしな事を考えれば、その者たちはどこへ行っても商売ができなくなる」

コラルはブロックがタクマの商会の相談役になった事も織り込み済みのようだ。変な野心を持つ者は徹底的に排除しているという。

それからコラルは、人材に関して大事な報告をする。

トーランからだけではなく、王都から登用したのだ。その場合タクマの能力が知られる恐れがあるが、契約書によって秘匿を義務付けるので心配ないようだ。

なお、王都からの人材は単身で来る者しかいないらしい。これは単身者の方が身軽に移住できるからだという。

コラルは、その者たちは王都のコラルの邸に集まるので、人数がそろったら迎えに来てほしいとお願いする。

「分かりました」

「タクマ殿はこれから宿の設置だろう？　騒ぎになりそうだな……まあ、私は王都へ跳ぶよ」

その後すぐにタクマは空間跳躍でトーランの食堂へ跳び、コラルは魔道具で王都へ向かうのだった。

食堂に着いたタクマは、向かいの予定地に移動する。そして、敷地の塀に沿って不可視の結界と遮音を施した。

「さて、いよいよ宿の設置だ。これが終われば、家のみんなも忙しくなるぞ」

タクマは宿をオープンに合わせて、食堂もオープンさせる事にしていた。

そうすれば、家族は手につけた職を生かして忙しく働く事になる。みんなが働いて生き生きしている姿を思い浮かべて、タクマは笑みをこぼす。

「良し！　しっかりと設置をしてみんなに話さないとな」

タクマは頬を叩くと、さっそく作業に入る。

前回取りだした時に細かな調整はしてあるので、スマホのマップ機能と連動させて、正面に入り口が来るようにだけ決め、宿を出した。

ただ、このままでは基礎がない状態なので不安定だ。

「ナビ、フォローを頼めるか？」

タクマの言葉と同時にナビが現れる。

「お任せください。基礎の位置は私が補助しますので」

ナビの頼もしい言葉を聞き、タクマは宿が地面に接する範囲を立ち上げていく。基礎作りに必要な土は、敷地内全体から持ってくるイメージだ。

魔力をしっかりと練り上げると、そのまま魔法を放った。

けたたましい音とともに宿の接地面から基礎が立ち上がっていく。それをしっかりと硬化させ、建物と融合させた。

これでズレる事はないだろう。

「完成だ。ただ、建物の周りが土ってのも味気ないな……」

宿の設置は完了したが、周囲を彩る物が欲しい。

そう考えていると、ナビが助言する。

「では、芝生《しばふ》はいかがですか？　他の植物は後でも良いと思いますが、芝を先にやっておけば形にはなるかと。種を購入し、アルテの力で成長させてもらったらどうでしょうか？」

「そうだな。そうしようか」

タクマはナビの言う通り、芝の種を仕入れる事にした。スマホで異世界商店を起動して芝の種を探す。

【魔力量】：∞
【カート内】
・寒地型芝七十坪分（三種混合　10kg《キログラム》）：5万
【合計】：5万

決済してアイテムボックスに送ると、アルテを呼びだす。

「どうしたの？　何か用事？」

アルテにやってもらいたい事を相談する。

「芝の種を建物の周りに蒔《ま》いて、ある程度成長を促進すればいいのね？　簡単よ。じゃあ、種をちょうだい」

タクマはアイテムボックスから種の入った袋を取りだして手渡す。

アルテは袋を開けると、魔法を使って均等に建物の周りに種を蒔く。そして、自分の魔力を練り上げて成長を促進した。

蒔いたばかりの種から小さい若葉が育ち始めた。

「こんなものかしら。あまり育てすぎても良くないから、後は自然に任せるのが良いと思うわ」

「ありがとう。助かったよ」

あっという間に済ませたアルテに、タクマはお礼を言う。

「このくらいどうって事ないわ。これで終わりなら、私は帰らせてもらうわね」

アルテは戻っていくのだった。

◇　◇　◇

無事に宿の設置を終えたタクマは、結界と遮音を解いた。

そこには、純和風旅館が威風堂々《いふうどうどう》と立っていた。

「宿もこれで問題ない。後はみんなと話をしないとな」

タクマは向かいにある食堂に移動する。担当する家族たちが集まっているからだ。さらには宿を運営する予定のスミス一家も来ているので、話をするにはちょうど良い。


「あ、タクマさん」

タクマが店に入ってきたのに気づいたのはアンリだった。

「どう？　みんなとは上手くやっているか？」

近づいてきたアンリにタクマが話しかけると、彼女は笑みを浮かべて頷く。

「はい。皆さん親切にしてくれます」

安心したタクマは、アンリにみんなを集めるように頼んだ。席に座って待っていると、すぐに全員集まった。

ファリンがタクマに話しかける。

「どうしたの？　こっちに来るなんて珍しいわね」

「ああ、今日は食堂の開店について話そうと思ってな。それと、スミスさんたちの宿の事もだな。店の準備はどうだ？」

「料理は問題ないわね。ミカに教えてもらったレシピは全員が作れるようになっているわ。サービスに関しては、商業ギルドで研修を受けたから大丈夫だと思う。みんな、いつ開店するのかワクワクしているのよ」

　ファリンの言葉を聞いたタクマは、周りのみんなを見る。

　全員やる気に満ちた表情だった。

「分かった。じゃあ、いつでも開店できる準備をして待っていてくれ。そう時間はかからずにオープンする予定だ」

　ファリンたちは嬉しそうな顔で喜んでいる。

　それからタクマは、スミスに話を振る。

「スミスさん、どうですか？　休めましたか？」

「ええ、おかげでいつ働き始めても大丈夫なくらいです。トーランの食べ物の傾向も分かってきましたし」

　スミスは周辺の食べ物のリサーチを終え、宿で出す酒のツマミを考えていると言った。

「そうですか。実は、宿は間もなく開店しようと思っているんです。明日の昼頃に従業員になる予定の人たちとの顔合わせになるので、そのつもりでいてください」

アンリが困惑げに尋ねる。

「え？　でも建物は……」

スミス一家は予定地の場所こそ聞いていたが、そこに建物がない事を知っていた。

「建物はすでに用意できてるよ。後で案内するから、まずは話を聞いてくれ」

タクマがそう言うと、彼らは素直にタクマの言葉に耳を傾ける。

「明日の昼に、最初の人員が集まりますので、顔合わせをしてください。宿はスミスさん、カナンさん、アンリ、マークの四人に任せる事になります。ただ、いろいろと勝手が違うでしょうから、相談役を用意しています。そちらも明日顔を合わせる事になります」

タクマは改めて商会を興した事を言う。そして、宿と食堂はグループとして協力していくように伝えた。

「言ってみれば、宿と食堂はグループ経営なんだ。しっかりとお互いを支え合って頑張ってほしい。何か困った事があれば気兼ねなく言ってくれ。俺も惜しみなく協力させてもらう」

つながりをしっかりと全員に意識させる。どちらも一緒になって成長をしていけば良いのだ。

タクマが話を終えて全員を見ると、やる気に満ち溢れた表情をしていた。

「話はこれで終わりだが、みんなで宿を見に行こう」

タクマは笑みを浮かべて、家族たちを促す。彼らは、タクマがどんな宿を営むつもりなのか楽しみなのだ。

全員で店を出ると、目の前の大きな建物が目に入る。それを見たファリンたちは動きを止めてしまう。

「タ、タクマさん……あの建物は……」

あまりの大きさに、スミスは言葉を詰まらせる。

「ああ、あれが新しい宿です。珍しい形をしていますが、中は普通の宿ですよ」

「い、いえ。建物自体はタクマさんのお宅を見ていたのでそう違和感はないのですが……あまりに大きいので……」

スミスは自分が考えていた宿の大きさとかけ離れていたので驚いていた。

タクマはスミスを落ち着かせるように言葉をかける。

「確かに今までやっていた規模とは大きく違いますが、やる事は変わりませんよ。広い宿を運営するために、たくさんの人材も集めています。それに相談役がいますから、彼にいろいろと聞くと良いでしょう」

タクマの言葉を聞いたスミスは腹をくくった。ここまで来たらやるしかない。スミスは大きく深呼吸をして、気合を入れ直すのだった。

結界を解除した事で、宿はいろいろな人の目に付くようになっていた。

すでに人だかりができていたため、それに気がついた警備の兵たちが敷地に入らせないように守ってくれている。

警備の男がタクマに声をかける。

「あ、タクマさま！　コラル様から通達があって参りました。騒ぎが収まるまで周辺を警備させていただきます」

どうやら、騒ぎを予想したコラルが手配してくれていたようだ。

「忙しいところすまんな。物珍しさで来てるだけだから、すぐに落ち着くと思うんだ。それまでよろしく頼む」

タクマは警備の者たちに頭を下げる。

「いいんです。タクマ様には私たちに足りないものを教えていただきましたから！」

警備に来てくれたのは、タクマが前に稽古《けいこ》をつけた者たちだった。だとすれば、しっかり修練を積んで技量が上がっているので任せても大丈夫だろう。

宿の敷地に入ると、ファリンたちは改めて宿の規模に驚いた。さらに宿の中に入り、コラルの時と同じように案内していく。

今回はコラルに見せていなかった酒場も見せる。

これは一般の客のために用意しているのだが、向かいの土地の食堂では酒を扱わないので、こういう場所が必要だったのだ。

細かい説明は顔合わせ後に行うとして、どういった施設があるのかを説明しながら各部屋を回った。

「ふわー、すごく広かったですね。これだと確かに従業員が必要になりますね……」

一通り見終わってから、アンリはため息をついた。

ただし、アンリが心配するほど従業員の負担は大きくない。宿自体が魔道具になっており、常に清潔に保たれるからだ。そのため、従業員は客のサービスに集中できる。

「なるほどー。お客様に寛《くつろ》いでもらう事に集中してもらうんですね」

「ああ。あとな、この宿には仕掛けをしてあるんだ。泊まる人だけでなく、従業員が安全なようにな」

そう言ってタクマは説明していった。

それは、この宿の中で敵意を感知した場合、魔道具の機能で拘束してくれるというものだ。もちろん傷つけるのではなく、拘束するのみである。

「まあ、この宿に泊まる人は身分がしっかりとした人に限るから、あまり意味のない保険に過ぎないがな。とはいえ安全を考えれば必要だと思う」

タクマはあえて言葉には出さなかったが、この機能はアンリのためだった。かつて大変な思いをさせてしまった彼女に、同じ目に遭わないようにしたかったのだ。

ファリンたちはやりすぎな機能に呆れているようだったが、スミス夫妻とマークはタクマの意図が分かったようだ。

「タクマさん、こんな素晴らしい機能を……」

お礼を口にしようとしたスミスに、タクマは首を横に振る。アンリも分かっているだろうし、あえて言葉に出す必要はないのだ。

「ありがとうございます」

「良いんです。ここは四人が切り盛りして頑張っていく場所です。形的には俺が雇う形になりますが、運営自体に口を出すつもりはありません」

タクマはそう言うと、キョロキョロと内装を見ているファリンたちにも話しかける。

「この宿と、食堂は協力し合っていく事になる。食事の配達とかもあるしな。しっかりとスミスさんたちと相談をしておいてくれ」

「分かった。しっかり協力するわ。スミスさん、これからよろしく！」

ファリンは笑顔でスミスたちと握手を交わした。

14　従業員のための準備

タクマはみんなを残して、一人商業ギルドに向かう。

明日顔合わせする事を、ギルド長に伝えておくためだ。コラルから話は聞いているだろうが、直接言った方が良いと思ったのだ。

受付嬢がタクマを迎える。

「あ、サトウ様。サトウ様が来たら、執務室へ通すよう言付《ことづ》かっております。そのまま上へどうぞ」

タクマが用件を言う前に案内された。

ノックして執務室に入ると、プロックは書類と格闘していた。

「今日来た理由は、明日の事かの？」

「ええ。コラル様からお聞きでしょうが、明日の昼過ぎに顔合わせがあります。ご都合はいかがですか？」

タクマの丁寧な口調に、プロックは眉をひそめる。

「敬語はいらんよ。儂のギルド長としての仕事は、今日中に終わらせる。明日からは君の下に就き、商会の相談役をさせてもらうからの」

そう言うとブロックは相好《そうごう》を崩した。

「まあ、儂ができるのは助言だけじゃがのう。それを上手く利用していくのは君の家族たちじゃからな。その辺は分かっておるのじゃろう？」

「ええ。これからよろしくお願いします」

タクマとブロックは握手を交わすと、明日の顔合わせについて話を始めた。

さっそくブロックは懸念を伝える。

「ふむ。人材の第一陣が明日で、その後は随時増やしていくと。まあ、それは良いんじゃが……」

「ん、気になるところがあるのか？」

タクマが聞くと、ブロックはさらに続ける。

「従業員の教育についてじゃ。富裕層向けの部屋と一般の客向けの部屋をフロアで分けると聞いておるが、従業員を分ける事にならんかのう。担当するフロアで派閥《はばつ》ができると思うのう」

ブロックは、従業員を分けるべきではないと考えていた。多少費用がかかっても、交代制でどちらの客室も担当できた方が良いと言う。

タクマはブロックの意見に納得しつつ言う。

「だが、それでは教育に時間がかかる。今は宿を早くオープンさせるのも必要なんだ」

「分かっておるよ、開店に時間がないのはな。儂が言いたいのは、その形態でやるのは一時にした

方が良いという事じゃ。コラル様はさらに人材を集めているのじゃろう？　だったら多めに集めてもらって、教育を並行して行うというのはどうじゃ？」

　ブロックの言ってる事は理に適《かな》っていた。

　どちらかに人が足りなくなった時に対応しやすくなる。交代制にして仕事内容を変えるのは、マンネリ化を防ぐためにも良い。

「言われてみれば、そちらの方が良いかもしれないな。最初から能力の高い人間は富裕層に配置し、一般向けの部屋を担当する者は教育を受けてもらうか。人を多めに入れればしっかりと休みを与えたうえで、教育の時間もできると……」

　ブロックは嬉しそうに頷く。

「そうじゃ。人には休みが必要じゃ。それに人というのは学びがある方が、やる気を出して働いてくれるものじゃ。商会をやっていくためには、人を育てていく事も大事じゃぞ」

「なるほどな。それもそうだ。では宿については、人員を多くして教育の時間や休みを増やす方向でいこう」

　タクマがそう言うと、ブロックは満足げに笑みを見せた。自分の意見が通った事が嬉しいのもあるが、タクマが臨機応変に考えを変えたのが嬉しいのだ。

　ブロックは話題を変える。

「時に商会長。明日の顔合わせについてじゃが、コラル様が連れてくる予定の従業員たちは、儂の事は知っているのかのう？」

　タクマが「その辺の事は何も聞いていない」と返すと、プロックは笑みを浮かべて頼みがあると言った。

「すまんが、コラル様に言って、儂が元ギルド長というのは伏せてもらえんかのう。せっかくだから、皆の驚く顔が見たいのじゃ」

　プロックは人を驚かせる事が好きで、初顔合わせの際にいたずらを仕掛けたいと言う。

　タクマはプロックがあまりに楽しそうなので、その頼みを聞く事にした。さっそくアイテムボックスから遠話のカードを取りだし、コラルに連絡を取る。

「どうしたのだ？」

　プロックの頼みを伝えると、コラルはカードの向こう側で深いため息をついた。

「まったく……相変わらずいたずらが好きな人だ。まあいい。商会の相談役が大物だというのは伏せても問題ないからな」

「ありがとうございます。それと従業員についてなのですが、プロックと話した結果、さらに多めに必要だと判断しました。そちらも対応は可能ですか？」

　タクマが尋ねると、コラルは「問題ない」と返答した。

「増える分にはありがたい。働く人間が増えれば町の発展が進む。任せてくれ」

　タクマはお礼を言って、遠話を終わらせた。

「フフフ……明日が楽しみじゃ」

楽しそうに言うプロックとしばらく話した後——タクマは自宅に戻らず、とある場所へ向かった。

それは、針子のトレスの所だ。タクマは従業員のために制服を作ろうと考えたのだ。


トレスの家に着くと、ドアをノックする。

「はーい！　ちょっと待ってくださーい！」

中から聞こえた声はミカのものだった。玄関のドアが開くと、迎えてくれたのはやはりミカだった。

「あれ？　タクマさん。どうしたんですか？」

「ちょっとトレスさんの手を借りたくてな。急に来て申し訳ないが、話はできるか？」

ミカはタクマの来訪に驚いたが、すぐに応接間へ案内する。

「ちょっと待っててください。すぐに呼んできますから」

しばらく待っていると、トレスが現れた。

その顔は、前に見た時と違って生き生きしている。

「あらタクマさん、今日はどうしたの？　それにしてもあのミシンはすごいわー。私、いろんなアイデアが止まらなくなっているもの」

ミシンを手に入れた事で、やりたい事が実現しやすくなっているらしい。そのため彼女は、以前にも増して服を作っていた。

「あ、ああ。今日は頼みたい事があったんだ。実はな……」

それからタクマは来訪した理由を話した。

一通り要望を聞いたトレスはニヤリと笑う。

「面白そうね。ぜひやりたいわ」

異常にやる気に満ち溢れているトレスに若干引きつつも、タクマは彼女にすべて任せる事にした。

夕夏やミカはここに頻繁に来ているので、彼女たちのアドバイスを聞きながら進めれば問題ないと考えた。

「じゃあ、二、三日中にサンプルを持っていくわ」

用件を終えたタクマは自宅に戻った。


タクマはそのまま執務室に行き、ファリンとスミスを呼んでもらう。

食堂と宿の代表である二人がそろうと、タクマは告げる。

「いよいよ食堂の開店が近づいてきた。それに宿も始める準備が整いつつある。これから忙しくなると思うけど頑張ってくれ」

タクマは二人に頭を下げ、続けて働く者に制服を着てもらうと伝えた。

「セイフク？」

ファリンはピンと来ておらず、スミスもよく分かっていなかった。

「そんなに難しく考える必要はない。要は働いてもらう人たち全員に、服を支給するつもりなんだ。普段の服で仕事をするよりも気が引き締まって、仲間意識が生まれるだろ。それに、清潔感が重要な仕事だからな」

タクマが説明すると、ファリンは納得して頷いた。

「なるほど……服をそろえる事で従業員には一体感を覚えてもらい、お客様には一目で分かるようにするのね。面白い考え方ね」

一方で、スミスは浮かない顔をしている。

「タクマさん。それは私も着るべきなのでしょうか？　さすがに私に女性の従業員と一緒の服は……」

スミスは女性物の服を着せられると思っていた。

タクマはそれを否定して告げる。

「では、二、三日後には試作品ができあがるので、その時にまた話しますね。あと、明日の昼過ぎには従業員の顔合わせがありますので、それまでに店に集合しておいてください。ファリンたちも一緒に顔合わせをしてもらうからな」

ファリンとスミスは力強く頷く。

「分かったわ。みんなにもそう言っておくわ」

「妻や娘にも伝えておきます。もちろんマークにも」

こうして二人は部屋を出ていった。

「これで顔合わせをすれば一安心かな。顔合わせ後には開店時期も決まるだろうし」

その後、タクマは寝るまでの時間をゆっくり過ごし、翌日に備える事にした。

◇　◇　◇

翌日。

スミス一家とファリンたちは、早めに食事を済ませてトーランへ向かった。

タクマは食事を済ませると、トーランではなく王都のコラルの邸に跳んだ。コラルと話しておく必要があるからだ。

邸に着くと、すぐに使用人が執務室に案内してくれる。

「失礼します。少し早いですが、来させていただきました」

タクマの言葉に、コラルは顔を上げる。

「おお、タクマ殿か。従業員候補たちはあと数時間で来るだろうが……早めに来たという事は、何か話があるのか？」

「ええ、そろそろ開店の時期を決めないといけないと思いまして」

そう、店と宿の開店時期について話すのだ。

コラルは頷くと、さっそく時期を提案する。

「そうだな。とりあえず、宿を始めるのに最低限の人数は集めてある。なので、一週間後でどうだろうか？　それだけあれば従業員とやりとりもできるだろう」

「分かりました。では、一週間後にオープンさせます。このたびは、いろいろとありがとうございました」

タクマは、改めてコラルに感謝を伝えた。

するとコラルは豪快に笑う。

「何を気にする事がある？　宿は私の都合でもあるのだ。そのために人を集めるのは当たり前だろう。それに、あの宿はトーランの名物になりそうだ。私にとっては良い事尽くめなのだから、気にしないでくれ」

「そう言っていただけるとありがたいです。ただ、コラル様の負担が大きかったので……」

タクマはコラルの疲労を心配していた。普段の仕事に加えて今回の件である。相当負担になっているに違いない。

しかしコラルは平然と言う。

「私を侮《あなど》らないでもらおうか。自分の治める町のチャンスなのだ。今こそ頑張らないでどうする？

それに、世界一安全な町を作ってもらったのだ。多少の無理は構わんよ」

コラルはタクマの肩を叩きながら笑った。

コラルと話していると、従業員の集合時間が近くなった。邸の庭に、徐々に人が集まってきている。

コラルは庭に目をやりつつ言う。

「集めたのは、貴族のもとで使用人をしていた者たちばかりだ。つまり、常識やマナーは徹底的に叩き込まれている。最初の人員は即戦力でそろえさせてもらった」

城で働いていた使用人と、ザインの邸宅で働いていたベテランたちが主にいるそうだ。なぜ、そんな優秀な人材が集まったかというと――

使用人たちの中にも、毛色の違う者たちがいるのだ。

普通であれば、使用人は一人の主人のもとで一生働く。だが今回集まったのは、スキルを違った事に使いたいと考えている者たちだった。

コラルは楽しそうに説明する。

「そういう意欲の高い者たちがあっという間に集まってくれたのだ。城で身に付けたスキルは本物だ。君の宿でもきっと役に立つだろう」

確かに城や貴族の邸宅で働いていたのなら問題はない。

だが懸念もある。彼らの上司となるスミス一家をどう思うか。あまりにプライドが高いようでは困る。

タクマがそれを指摘すると、コラルは真剣な表情に戻って言う。

「貴族のもとで働いていたからその心配はあるだろうな。だが、そんな輩《やから》を選ぶわけがなかろう。前もって誰が上に就くかは話してあるし、オーナーである君の事もだ。スミス一家を蔑《ないがし》ろにするような者はおらんよ」

タクマはその答えを聞いて安心した。


時間になり、最終的に七十名の男女が集まった。指示したわけでもないのに、しっかり整列して待機している。

「さて、集まったようだし、我々も行こうか」

コラルに促されたタクマは一緒に庭へ出る。二人が姿を見せると、集まった者たちは頭を下げた。

コラルが全員に向かって告げる。

「よく集まってくれた。顔を上げてくれ。今日は顔合わせだ。宿を運営する者たちがトーランで待っている。私の隣にいるのは宿の経営者である、タクマ・サトウ殿だ」

続いて、タクマが語りかける。

「皆さん、初めまして。私はあなたたちが働く宿を所有しているタクマ・サトウです。よろしくお願いします」

タクマは頭を下げた。タクマの腰の低さに多くの人が驚く。

「皆さんに集まってもらったのは、トーランの宿の従業員として来てもらいたいからです。そこに異論はないでしょうか？」

タクマが聞くと、一人の男性が手を挙げた。

「スキルが生かせると思ったから、私たちはここにいるのです。たくさんの人に奉仕できるという宿は、私たちにとってチャンスです。ぜひ働かせてください」

男性の言葉に同意するように、他の者たちも頷いている。

「分かりました。普通の宿とは勝手が違うかもしれませんが、頑張ってください。これからトーランに移動します。移住する事になりますが、問題ありませんか？」

移住する必要がある事は、コラルが前もって確認をしてくれていたが、改めて確認しておく。全員を見回すと、移住もまったく問題なかった。

コラルがタクマに話しかける。

「タクマ殿。とりあえず全員の意思は分かっただろう？　トーランで待っている者もいるのだから移動してはどうだ？」

コラルによると、集まった人たちはすでに秘匿の契約書を交わしてあるという。コラルが契約書の束《たば》をタクマに渡すと、タクマはアイテムボックスに仕舞った。

「そうですね。じゃあ移動しますか」

さっそく移動する事になる。

いきなりタクマの食堂に跳ぶのではなく、トーランのコラルの邸を経由する事になった。これは、トーランの街並みを見てもらうためだ。

タクマは全員と荷物を範囲指定してトーランへ跳んだ。


「嘘……一瞬で？」

「話には聞いていたが……」

「契約書が必要なのも分かるな……」

新しい従業員たちはタクマの魔法のすごさに驚き、周囲を見回している。

コラルの邸の庭には、数台の馬車が並んでいた。

彼らと荷物を運ぶため、コラルが用意していたのだ。すぐに全員を馬車に乗せると、コラルは出発するように御者《ぎょしゃ》に指示を与えた。

馬車が進み始めると、タクマは言いようのない不安に襲われた。

何か重要な事を忘れている気がするのだ。

（何だろう？　何を忘れているんだ？　結構重要な事だと思うんだけど）

タクマはそんな事を考えながら、食堂へ進んでいくのだった。

◇　◇　◇

「デカいな……」

「初めて見る建物ね……」

食堂の前に到着した従業員たちは、向かいにある建物が宿だと聞いて呆然としていた。規模が大きいとは聞いていたが、想像以上だった。

「サトウ商会長。これが私たちが働く宿でしょうか？」

「その通りだ。まあ、建物の事は後にして、顔合わせを先にしてしまおう」

タクマはそう言うと、従業員たちを食堂へ案内する。


中に入ると、スミス一家とファリンを始めとした食堂のメンバーが整列して待っていた。相談役のプロックも来ている。

プロックが集まったみんなに向かって言う。

「さあ、初の顔合わせじゃ。じっくり話そうではないか。儂は商会の相談役に就任したプロック・シェードじゃ。よろしく頼む」

プロックが口火《くちび》を切ると、他の者たちも次々に自己紹介していく。

そうして最後に、従業員たちの上司となるスミスが話し始めた。

「今回、タクマさんの宿を任される事になったスミスです。よろしくお願いします」

彼は従業員に対し、深く頭を下げて挨拶をした。それからスミスは、自分たちがどんな経緯で宿を任される事になったかを話していく。

「……タクマさんは最高の宿にすると言っていました。なので皆さんの力が必要です。どうか私たちに力をお貸しください」

スミスの挨拶が終わると、一家そろって深く頭を下げた。

それを見た従業員たちはやる気を漲《みなぎ》らせた。

苦労してきた人たちが、再びチャンスを得た宿なのだ。絶対に失敗するわけにはいかないと感じたのだ。


その後は、和やかな雰囲気で従業員たちは交流していた。

従業員たちから質問が挙がる。

「サトウ商会長。プロック相談役はどういったお仕事をしてきた方なのでしょうか？　人選に口を出すわけではありませんが、客商売に精通している人でないと宿の運営は難しいと思うのですが……」

プロックの職歴を知らないのでその疑問が出るのも無理はないが、本人を目の前にして言ってくるとは……

そう思ったタクマが説明しようとすると――ブロックが笑いながら前に出る。

「ほっほっほ。確かに知らない人が相談役では不安じゃろう。じゃが、ここにいる誰よりも商売に精通している自信はあるのう。儂の前職は、トーランの商業ギルドのギルド長じゃ！」

従業員たちは驚きの声を上げる。

「「「ギルド長～～～!?」」」

その反応は、ブロックを満足させるものだった。ブロックはことさら嬉しそうな笑みを浮かべる。

「ほっほっほ。良い顔が見えたのう。のう、商会長？」

「これが見たいだけで、自分の正体を口止めするなんて悪趣味じゃないか？」

タクマは呆れた表情でブロックを見る。

「そう言ってくれるな。歳を取ると人の驚く顔が見たくなるのじゃ。良い表情が見られて大満足じゃ。さて、儂は宿にとってふさわしいと認めてくれるかの？」

ブロックが質問した男性にそう尋ねると、彼は慌てて答える。

「もちろんです。まさかギルド長が相談役だとは思いませんでした。失礼な物言いをした事をお許しくださいませ」

男性に続いて、従業員たちが頭を下げる。

「認めてもらえて良かったのう。これから君たちはこのトーランで根を張って生きていく事になる。スミス店長の良い相棒になってくれると嬉しいのう」

タクマがブロックの言葉を聞いていると——さっき引っかかっていた不安の正体を唐突に思いついた。

「あ……あーーー!!」

急に変な声を上げたので、注目されてしまう。

タクマは気を落ち着けながら言う。

「す、すまん。気にしないでくれ。自己紹介も終わった事だし、スミスさんたちに宿の案内をしてもらってくれ！　ファリン、申し訳ないんだけど、人数が多いから食堂のみんなとも協力して案内を頼む」

「わ、分かったわ。スミスさん。みんなで宿を見に行きましょう」

タクマの慌てぶりに、ファリンは何かあったと察して、速やかに従業員たちを宿へ案内していった。

「どうしたのじゃ、商会長？」

ブロックはタクマの様子が気になり残ってくれていた。

そして、タクマの不安を先回りして言う。

「まさかとは思うが……従業員の住まいを用意していないのではないか？」

実はブロックは早くから気がついていた。だが、言ってしまうとタクマのためにならないと考え、ずっと黙っていたのだ。

「迂闊《うかつ》だった……そうだよな。従業員がいるなら寮がいるじゃないか。どうしてそんな事を忘れてるんだ、俺は……」

タクマは悔しそうに呟く。

「事を急いでいる時は、往々《おうおう》にしてそういったミスが起こる。とりあえず自分で気がついたのは良かったが、詰めが甘いのう」

プロックは笑みを浮かべた。

「とにかく寮を用意しないと……建物はどうにでもなるが、問題は土地だ……ギルドに行って、空き地があるかどうか確認だ！」

タクマがパニック気味にブツブツと言っていると——突然、プロックの拳骨《げんこつ》がタクマの頭に炸裂《さくれつ》する。

「ぐお！　痛いじゃないか」

「落ち着かんか。慌てても仕方ないじゃろう？　それに、こういう時は相談役である儂に聞くのじゃ！　まったく……こんな事もあろうかと、土地は押さえてある。まずは一緒にギルドへ行くのじゃ」

そう言ってプロックは、タクマの耳を引っ張って商業ギルドへ向かっていく。

◇　◇　◇

プロックに連れられ、タクマは商業ギルドにやって来た。プロックは受付嬢に、商談用の部屋を用意させる。

「すまんが、ガウムも同席してもらいたいのじゃが、大丈夫かの？」

それを聞いた受付嬢はすぐに手配に向かった。

残されたプロックとタクマは、商談用の部屋へ移動する。

「プロック。ガウムというのは誰だ？」

部屋に入ると、タクマは先ほど出た名前について尋ねた。

プロックによると、新しいギルド長だそうだ。元々違う町で管理者をしていたそうだが、プロックの引退を機にトーランに呼び寄せられたという。

「ガウムは儂の弟子でな、なかなかできる奴じゃ。せっかくだし、商会長にも紹介をしておこうと思ってな」

そんな事を話していると、部屋のドアが開く。

入ってきたのは、40歳代と思われる男性——ガウムだった。

「師匠。私をご指名だと聞いて来ましたが……」

ガウムはタクマに目をやり、丁寧に挨拶をする。

「私は、トーランの新しい商業ギルドの長になりました、ガウム・レクトと申します」

「タクマ・サトウです。最近、商会を立ち上げた者です」

タクマとガウムは握手を交わし、共にソファーに座った。

ブロックがガウムに向かって話し始める。

「ふむ。お互いに顔は覚えたようじゃな。言ってある通り、儂はタクマ殿の商会で相談役に就任した。商談相手としてここに来る事も多くなるじゃろうからよろしくの」

「分かりました。こちらこそお手柔らかにお願いします。で、今日のご用向きは何でしょう？」

ガウムはさっそく用件を聞く。

ブロックも時間が惜しいとばかりに本題へ入った。

「儂が押さえてある土地の名義を、商会の土地として売り渡したいのじゃ。売値は儂が購入した金額で良い」

すでにブロックは土地を購入してあった。タクマが土地さえ買っていない事は把握していたので、立地の良い場所を買っておいたのだ。

「ちょっとお待ちください。調べてきます」

ガウムは立ち上がると、退室していった。

タクマは感心するように言う。

「……すでに土地を買ってあるとはな」

「今のトーランでは、すぐに土地は売れてしまうからのう。なので、商会長が住居の用意をしてないと分かった時に買っておいたのじゃ」

プロックの機転のおかげで、寮にする土地はどうにかなりそうだ。なお、その土地は宿から十分くらいの場所にあり、通うにもちょうど良い距離だという。

「本来は、売買には利益を乗せて売るものじゃが、今回は買った時と同額で良いじゃろ」

プロックは相殺《そうさい》で良いと言ってくれたが、タクマは自分のミスでこうなったのだから、利益を乗せて請求してほしいと伝える。

だが、プロックは拒否した。

これから商会を大きくしていくうえで、資金はいくらあっても足らないだろうと言い、利益分を受け取ろうとしなかった。

「儂は金が欲しいわけではないのじゃ。引退し余生を生きるうえで、タクマ殿の商会の未来を追いたいのじゃ。そのための投資と考えておけば良い。商会長のやる事は面白そうじゃしな」

プロックはそう言って笑う。

タクマは苦笑いしながら感謝を述べた。

「ありがとう。今回はプロックの言う通りの金額を払わせてもらうよ。ただ、俺の商会の未来なんて、面白いものじゃないと思うけどな」

「何を言っとるんじゃ。君の下にはすでに百人以上の家族・従業員がいるんじゃぞ？　その者たちが仕事をすれば、おのずと商会は大きくなる。それを近くで見るのが儂の生きがいじゃ」

そんなふうにプロックと商会の未来について話していると、ガウムがいろいろな書類を持って戻ってきた。

「随分と楽しそうに話していますね。私も交ぜていただきたいものです」

「ほっほっほ。これは商会にいる者しか言えんのう」

「それは残念。では、さっそく売買について話しましょう。師匠が購入した土地は、タクマ様の宿から十分ほどの所にあります。大きさは３００ｍ四方というところですね」

プロックが押さえていた土地は相当広い土地だった。今後の事も考えて、広く取ってくれたようだ。

「購入金額は６０００万Ｇ《ガル》。これは土地のみの金額となります。現在、この土地には廃屋《はいおく》が数軒あるので、解体費を加えると６５００万Ｇになります」

ガウムはタクマが解体できると知らないので解体費の見積もりまで出した。タクマは申し訳なさそうに言う。

「解体費の算出までありがとうございます。ですが、廃屋の解体と土地の整地はできるので、土地の売買のみでお願いします」

ガウムはタクマの言った事が信じられなかったが――そういうものだと無理やり納得して進める

事にした。

「分かりました。では、土地の代金と権利書を交換しましょう。タクマ殿はお金を取りに行かれますか？」

タクマが何も持たずに来ていたので、ガウムは気を遣って尋ねた。

だがタクマはためらう事なく、アイテムボックスからお金を取りだした。それを見たガウムは驚いて目を見開く。

「ア、アイテムボックス……？」

唖然とするガウムを見て、ブロックは大声で笑う。

「黙っておって良かった！　どうだ、びっくりしたかのう？　商会長はアイテムボックス持ちなのじゃ」

ご満悦なブロックに、ガウムは悔しそうな顔をする。

「まったく……相変わらずいたずらがお好きなようで……」

そのやりとりを、タクマは呆れて眺めていた。

ガウムはため息をつきつつ、売買の手続きを続ける。

「……ふぅ、これでその土地はタクマ様の商会が名義人となりました。手続きは滞《とどこお》りなく済みましたよ」

タクマは一安心した。後は整地を行って上物《うわもの》を設置すれば、従業員の住む所は確保できる。

タクマはすぐに建物を買いたかったため、部屋を借りる事にした。申し訳ないが、ガウムに自分の秘密を見せるわけにはいかないので、席を外してもらう。

「商会長。儂は残っていても良いのかの？」

ワクワクした表情でブロックは尋ねる。

タクマは、ブロックには遅かれ早かれ異世界商店を見せるつもりだったので、他言はしないと約束させたうえで、そのままいてもらう事にした。

アイテムボックスからＰＣを取りだし、異世界商店を起動させる。

「ほほう……これは面妖《めんよう》な板じゃのう。板が光っていろいろな商品が映っておるわい」

ＰＣの画面を食い入るように見つめるブロックに、タクマは苦笑いする。そして画面を自分の方へ向ける。

「これが俺の秘密の一つである異世界商店です。俺の住んでいた世界で扱ってる商品が買えるんですよ」

「なるほどのう。商会長のコショウや酒はここで仕入れていたのじゃな」

タクマはブロックと話しながら、寮になる建物を検索する。

「その通りです。二つの世界の商品価値が違っているのを利用し、いわゆる転売をしていたってわけです。幻滅《げんめつ》しましたか？」

「幻滅？　商品の価値が違う所から仕入れて、それを高く売って何が悪いのじゃ？　商会長がその価値の違いに気がついて、儲けを出しただけの話じゃろう」

転売で儲けを出していた事を打ち明けたタクマだったが、プロックはまったく気にしていなかった。

それよりも気になる事があると、プロックは質問してくる。

「その異世界商店？　で買うには何が対価なのじゃ？　さすがにタダで仕入れているわけではあるまい？」

タクマは正直に、自分の魔力だと話した。

「なるほどのう……魔力を対価に商品を購入しているのじゃな。だが、これで商売をしていくとなると膨大な魔力が必要じゃ。おそらく一流と言われる魔法使いでも、大した物は買えんのじゃろう。商会長だからこそ使えるというわけか」

タクマの説明でいろいろ察したプロックは、それ以上突っ込む事はなかった。

「良し。これで良いかな。あまり大きくしても仕方ないし……」

【魔力量】　　　　　　　　　　　　　：∞
【カート内】
・二階建て家具付きワンルームアパート（五十室）×3　：3000万

［合計］　：3000万

さっさと決済を行い、アイテムボックスに送った。

◇◇◇

タクマは、ブロックと共に手に入れた土地に向かう。

道中、ブロックはとても楽しそうだった。今まで体験した事がない出来事が多いので楽しくて仕方がないと言う。

そんな他愛《たあい》のない会話をしながら歩くと、閑静《かんせい》な住宅が立ち並ぶ区画に入った。

富裕層が多く住んでいるエリアだ。

その一角に、廃屋が立ち並ぶ土地が見えてくる。区画の端に位置しており、あまり人が近づく雰囲気ではない。ブロックが言うには、廃屋が処分されていないせいで気味悪く思われ、人が近づかない場所になっているらしい。

タクマは敷地に入ると、スマホを取りだして範囲の確認を行う。

「書類によるとここから……あの廃屋までか。うん、三棟入れても充分なスペースがあるな」

スマホのマップに、先ほど購入した建物の最適な配置をナビが表示している。

タクマは解体と整地を同時に行う事にした。

ブロックを連れて敷地の外に出ると、結界と遮音を施し、不可視の魔法を付与する。

「うーむ。中が見えんのう。せっかく解体が見られると思ったのじゃが……」

残念そうにするブロックにタクマは告げる。

「いくら人目が少ないからといっても、派手に破壊しているところを見せるわけにはいかないですから」

そう言ってタクマは魔力を練り上げて、中の廃屋を粉々に破壊した。

そのまま整地も行い、あっという間に基礎工事を済ませる。

結界を解除して敷地に入ると、何もない空き地が広がっている。地面は水平にならされているので、すぐに寮の設置を行える。

タクマは、最後の仕上げくらいはブロックに見せてあげる事にした。

整地が済んだ土地に、三棟のアパートを取りだす。

ブロックはそれを見ただけで、目を丸くした。

そして、アパートの基礎をマップで確認しながら立ち上げ、基礎と建物をしっかりと融合させる。

こうして寮は無事完成した。

「ふう。どうにか間に合って良かった」

「何ともすごい建設じゃのう……商会長がその気になったら、大工は廃業せねばならん」

タクマのでたらめさを堪能したプロックは、そう言って呆れるのだった。

15　温泉

タクマとプロックは宿に戻ってきた。

プロックは宿の中を見ていなかったので、タクマは彼を案内する事にした。中へ入ると、一足先に来ていた従業員たちがいて目を輝かせている。

「商会長！　これは素晴らしい宿です！」

「絶対に流行ります！」

「この宿に恥じないように、接客をしていかないと……」

従業員たちは大げさなほどやる気を漲《みなぎ》らせていた。

「そ、そう言ってくれると、用意した甲斐《かい》があるな。俺はプロックを案内してくるから、しばらくホールで待っていてくれ」

従業員たちに伝え、タクマはスミスとファリンを呼ぶ。

「とりあえず、彼らが好意的に宿を見てくれているのは分かった。だが、随分興奮しているようだ。あれでは、後で話す事が頭に入らなくなるかもしれないから、俺がプロックを案内する間に落ち着かせておいてくれ」

スミスとファリンはタクマの様子を見て、何か隠している事を察した。

また二人は、従業員たちを案内している時に気がついた事もあった。おそらくそれが後で話す事なのだろう。

そう考えた二人は頷き、従業員たちを落ち着かせるために動きだした。

「何じゃ商会長。君もいたずらの心得《こころえ》があるようじゃな」

ブロックはタクマの言葉を聞いて、自分と同じものを感じた。

「まあ、サプライズは楽しいよな。俺も嫌いじゃないさ」


タクマはブロックを案内し始めた。

まずは一階の一般客のエリアだ。各部屋を説明を交えながら進む。ブロックは楽しそうに部屋の隅々まで見ている。

「一般の部屋もとても居心地がよさそうじゃの。設備も他の宿とは段違いに充実しているから、多少割高に設定するというのも理解できる。それに、酒場を併設するのも忘れていないようじゃな。なかなか素晴らしい」

ブロックはそう言うと、話題を変える。

「ふむ、時に商会長。先ほどのホールにあった扉は何じゃろうな。そこを案内しないという事は……先ほどスミス店長に言っていた事と関係しているんじゃな？」

プロックは、タクマが隠していた事を分かっていた。だが、その正体までは分かっていなかった。

タクマは笑みを浮かべて返答する。

「まあ、あの扉の向こうは……おっと、それは後に話す事にしよう。ここでネタバレは面白くないからな」

「そうじゃな。見学が終わった時に聞く事にしようかの。次は富裕層向けのフロアじゃな？」

タクマたちはホールから二階へ上がる。

それからタクマは富裕層の部屋を一部屋一部屋案内していった。

「うーむ、素晴らしい。富裕層向けの部屋は、一部屋を除くとすべて同じレイアウトじゃな。どの部屋にも共通するのは……入れないようになっている扉がある事じゃ」

プロックの言った一部屋というのは、この宿で最も高い部屋の事だ。

そこはお金を持っているからといって泊まれる部屋ではない。タクマは、本当のＶＩＰだけが泊まれるようにしたかったのだ。

そして富裕層エリアのすべての部屋には、プロックが言うように「開かずの扉」が設置されていた。

「まあ、あの扉はもう少しで封印が解けるから、楽しみにしててくれ」

その言葉を聞いたプロックは、早く戻ろうとタクマを促す。タクマは楽しそうな笑みを浮かべ、従業員たちの待つホールへ戻った。

全員が落ち着きを取り戻して待っていた。

さすが貴族のもとで働いていただけはある。

「さて、プロックに宿を案内したし、本題に入ろうか。みんなに聞くが、見学をした際に気になった事はあるか？」

タクマはクイズのように話を振る。

すると宿の従業員はもちろん、スミス一家、ファリンたち食堂のみんなも気づいていたようだ。代表でスミスが口を開く。

「このホールと、二階の各部屋に開かない扉がありました。扉はすべて風呂の脱衣所にありましたね。あれは何か意味があるのでしょうか？」

「もちろん、脱衣所に設置しているのは意味がある。このホールにあるのは、ちょっと考え方が違うけど」

そのタイミングで、タクマのスマホから通知音が鳴る。

電子音を聞いて、皆騒然としだした。

「落ち着いてくれ。この音は、扉の向こうの準備ができた事を知らせてくれたんだ。さっそくだけど、ネタバラシといこう」

タクマはホールにある扉に手をかけると、そのまま開いた。

そして、全員を扉の向こうに入らせる。扉を入るとさらに二つ扉があり、「男専用」「女専用」と書かれていた。

タクマは男の方の扉を開き、全員を招き入れる。

「ここは……」

「すごく広い……」

全員の目に映ったのは、凄まじく広い脱衣所だった。

壁際には細かく区切られた棚があり、籠《かご》が置かれている。奥にはガラスの引き戸が設置されていた。

「まあ、見ての通りここは脱衣所で、奥の引き戸を開けると風呂がある。要は大浴場というわけだ」

タクマがガラスの引き戸を開けると、全員、思わず息を呑んだ。

大きな露天風呂があった。

さらに、ありえない光景が広がっている。

「何で、海が広がっているんだ？」

そう、海を一望できる露天風呂になっていた。隣には女湯があるはずなのにその仕切りもない。

まさに目の前は、風呂と海しかなかった。

タクマは宿を購入した際、宿にこの大掛かりな仕掛けを施していたのだ。

「結界で囲っているから、風呂がある範囲から外に行く事はできないが、良い眺めだろ？」

タクマはそう言って胸を張る。

すると、スミスは混乱した表情で尋ねる。

「タクマさん。これはどこなのですか？　辺りは海しか見えませんけど……」

確かに町にある宿でこの光景は異常だ。

「そうだな。ここからの話は、商会として守秘してもらう事になる。従業員のみんなも、契約をしているから分かるよな」

全員が深く頷いたので、タクマは秘密を話していく事にした。

タクマは、宿の風呂に三つのスキルを付与した。それが、「亜空間作成」と「空間制御」、そこに滞在するための「大気制御」だ。

「空間制御」で空間を安定させ、「亜空間作成」でこの景色を作り上げ、「大気制御」で人が滞在できるように空気を作り上げたというわけである。

「たかが宿にここまでする？」

「今出てきたスキルは、どれも禁術《きんじゅつ》じゃなかったか？　過去に使いこなせる者がいないという事で破棄された研究だったはずだ」

従業員の中には、禁術について知識のある者がいたが、ともかく全員うろたえていた。

タクマはみんなに向かって言う。

「深く考えなくていい。ここは宿の最大の売りで、大浴場だという事だけ分かってればいいさ」

すると、従業員たちは集まりだして話し合う。

それで結局、深く突っ込まないと決めたようだ。それよりも、この風呂を宿の売りとして広めていこうと考える事にしたという。

「タクマさん。富裕層向けの部屋には個別にあるような事を言ってましたが……」

「ああ。富裕層向けの部屋では、違う景色の空間を露天風呂にしている」

あまりに規格外の施設なので、従業員たちは自分たちで管理できるのか不安になっているようだった。

タクマはその辺の説明を行う。このすべての露天風呂の空間には宿の機能が反映されているので、消耗品の補充のみで大丈夫だと教える。

従業員たちはそれで安心したようだった。

スミスが整理するように言う。

「清掃等は宿の機能でやってくれ、私たちは接客と簡単な作業のみで運営できるという事ですね。それを聞いて安心しました」

その後、温泉を見終わった面々はホールに戻るとすぐに話し合いを開始した。時間もあまりないので、時間を惜しむように熱い議論を交わしている。

タクマはブロックにこの場を任せる事にした。

「ほっほっほ。では、宿の運営について話し合ってくるかの。商会長には後で書類で上げるので、それを確認してくれればよい。皆良い感じにやる気を漲《みなぎ》らせておるから、良い宿ができるじゃろう」

そう言ってブロックは、従業員たちの輪に進んでいく。

残されたタクマは、コラルの邸へ向かった。

到着すると、すぐに執務室へ通される。

「……ど、どうだった？　タクマ殿。従業員たちは上手くやっていけそうか？」

コラルは不安そうに聞いてくる。

「今も宿で激論を交わしていますよ。あの宿は一丸になって協力しないと上手くはいかないでしょうから」

「フフフ……確かにそうだな。あれほどのでたらめな宿だったら、協力するしかあるまい。それに、私が見た時に隠していた物もあったようだしな」

コラルは、タクマが露天風呂を隠していた事までお見通しだった。

タクマは苦笑いをして事の顚末《てんまつ》を報告する。

「……なるほどな。確かにそれは驚いていただろう。満足する表情は見られたのか？」

「ええ。なかなか素晴らしい表情が見えました。それに不安を感じる以上に、やる気が勝っている感じでした」

「それはそうだろう。あの宿はきっと有名になる。あそこに泊まれば、自分の格が上がると考える者も出るくらいに素晴らしいからな」

コラルも宿の成功を疑っていないようだった。

16　安全対策

「しかし君が自重をしなくなると、凄まじい事になるな……ただ、そこまで振りきった宿を作ってしまうと……マズいかもしれん」

自分が依頼をした手前、やりすぎだとは言えないコラルだったが、一つの懸念が湧いていた。

それは、従業員の身の安全である。

宿はタクマの事だから安全を確保しているだろうが、宿以外にいる時の従業員たちが心配だった。

それに、食堂にいるタクマの家族たちも心配である。

どちらも町中に出た時に狙われる可能性がないわけではない。ダンジョンコアのシステムで守られてはいるが、万が一を考えなければならないと思った。

コラルがそれを伝えると、タクマは返答する。

「分かっています。今は安全だろうが、先の事は分からないという事ですよね。俺もそこは気になっていたので、俺の考えを聞いていただけますか？」

それからタクマは対策を話した。

タクマが考えたのは、異世界商店で仕入れた魔道具で皆を守るというものだった。魔道具を装備した者に、悪意・敵意・殺意等を持った者が近づいた場合、結界を即時展開し、相手を雷魔法で無力化する。それに加えて、寮には前にも使った防衛用のゴーレムを導入するという徹底した対策だった。

コラルは呆れてしまった。その安全策であれば、世界一安全だと思ったからだ。

「君は身内を守る事に関しては、本当に自重しないな……」

「ええ。新しい従業員たちも俺の身内と言えますからね。できる事を妥協して後悔するのは絶対に嫌なので」

「確かに後悔はしたくないな。君の案は大げさではあるが、安全を考えれば一番だ。しかしどうする？　ここで仕入れをしていくか？」

「ええ。仕入れをさせていただいてから、宿に戻ろうと思います」

「ぜひ使ってくれ。君が安心してスキルを使える場所としてここを選んでくれただけで、私は嬉しいよ」

そう言ってコラルは優しい笑顔で場所を提供してくれた。コラルが席を立とうとしたので、タクマは止める。

「コラル様が席を立つ必要はないです。ここで見ていただいて大丈夫ですよ」

タクマはアイテムボックスからＰＣを取りだし、異世界商店を起動させた。

そして安全策に必要な魔道具を選んでいく。

【魔力量】　：∞
【カート内】
人物認証付きブレスレット（不可視型自己防衛機能）×３００　：２億
【合計】　：２億

決済を行う前に、タクマはコラルに画面を見せる。

コラルは向けられた画面を見て首を傾げていた。寮を守るための魔道具がないのだ。

タクマはその理由を説明する。

「コラル様。俺の店にあったゴーレムは分かりますか？」

「ああ、店と教会にもあっただろう？」

「そうです。あれを設置する時に多めに購入してあったんです。なので、今回の購入品は従業員たちの魔道具のみなんです」

そのまま決済を済ませてアイテムボックスに送ると――コラルのために前々から考えていた事を実行する。

それは、警備ゴーレムをコラルの屋敷に渡す事だ。

それを聞いたコラルは目を見開いた。

「急にどうしたのだ？　私も守ってくれるのか？」

「ええ、随分前から考えてはいたんです。この町にはコラル様が必要です。万が一がないようにしませんと」

そう言ってタクマはゴーレムを取りだし、先ほど買ったブレスレットを百セット渡した。ブレスレットは使用人にしてもらわないといけないので多めに渡した。

「良いのか？」

「ええ、ゴーレムはブレスレットを所持した者以外を制圧するようにセットしてあります。なので、今から使用人を呼んで装備してもらってください」

タクマがそう言うと、コラルは速やかに使用人や警備の者を呼んだ。そうして集まった者からブレスレットを装備させていった。

「タクマ殿。私や使用人たちまで守護の対象にしてくれてありがとう」

コラルは深く頭を下げる。それを見た使用人たちもまた、タクマに感謝を示すのだった。

◇　◇　◇

タクマはコラルを連れて宿へ戻ってきた。

ホールには、接客の練習をしているスミスと従業員たちがいた。ファリンたち食堂のメンバーを客に見立てて、動きを確認している。

タクマとコラルは、邪魔をしないようにホールの端から様子を見る。

コラルが紹介した従業員たちは流れるような動きで客を案内していた。受付にいるスミスたちも何とかなっているようだ。ただ敬語に慣れていないのか、時折近くにいる従業員に言葉遣いを直されている。

「上手くいきそうじゃないか。従業員たちの動きは良いし、スミス一家もどうにかやれているな。数日練習すれば、言葉遣いも矯正できるんじゃないか？」

コラルはスミスたちの順応性に感心していた。

「そうですね。上手く連携も取れているみたいだし、練習を繰り返せば大丈夫そうですね」

タクマとコラルがそんなふうに話していると、スミスが気がついて寄ってくる。他の従業員たちは練習に集中していた。

「タクマさん。おかえりなさい。そちらにおられる方はどなたでしょう」

スミスはコラルとはまだ会っていなかった。タクマはこの場でコラルを紹介する。

「こちらは今回の件でいろいろと動いてくださった、トーランの領主様でコラル・イスル侯爵様だ。みんなの事を気にしてくださって、一緒に様子を見に来たんだ」

「こっ、侯爵様⁉」

スミスは慌ててひざまずいたが、コラルは慌てて言う。

「そんなに気を遣わなくても大丈夫だ。私の事はタクマ殿の友人だとでも思っておけばいい。それに今回の件は、私にも渡りに船だったのだ。このトーランは宿不足でな。君たちが宿をやってくれてとても助かる」

スミスを立ち上がらせ、さらにコラルは続ける。

「先ほどから少し見させてもらったが、皆なかなかの連携だな。私も紹介した甲斐があるというものだ」

「みんな、接客に関しては言う事のない人材です。むしろ私と家族たちが教わっているくらいですから」

スミスはそう言って、申し訳なさそうに汗を拭《ぬぐ》う。

「いやいや、紹介した人材は君たちのフォローが目的でもあったのだ。宿を営んでいたからといっても高級宿は不慣れだろう？　基本は問題ないから後は言葉遣いや所作だけだ。彼らは貴族に仕えていたものの、商売として接客するのは初めてだから、お互いに足りないところを補ってやっていけばいい」

コラルはそう言ってスミスの肩を叩いた。

そうして話をしていると、練習を終わらせた全員が集まってくる。従業員たちは、深く頭を下げてコラルに感謝をした。

「コラル様。私たちをこの商会に連れてきていただきありがとうございます。これから全員でこの宿を盛り立てていくつもりです」

「そうか。スミス店長の手助けを頼むぞ」

「「「はっ!!」」」

ちょうど良いので、タクマは安全対策について説明する事にした。

「ブロックから聞いているとは思いますが、皆さんの住む場所は商会が用意しています。そちらから通ってもらうのですが、この宿は特殊です。どんな輩《やから》が来るか分かりません。なので、商会のメンバーには魔道具を支給します」

そう言うとタクマは魔道具を配っていった。

高価な魔道具を支給され、従業員たちは感動していた。タクマはみんなにすぐに装備するように促す。

従業員たちが魔道具を装備すると、それはスーッと消えていった。装飾品が目立つのは良くないので不可視化してあるのだ。

その後、タクマはみんなを寮まで案内する事にした。


宿から出て十分ほど歩くと、従業員たちの目に立派なアパートが映った。

タクマは入り口にゴーレムを設置して説明する。

「この像はここを守るゴーレムだ。皆に渡した魔道具を所持している者でないと、こいつらが拘束してしまうから注意してくれ」

続いて寮について話す。

「部屋はどれを使ってもいい。しかし、一度決めたら変えられないからな。寮の各部屋は、個人の魔力によって認識される。魔力が鍵になるわけだ。本人の魔力じゃないと部屋には入れないから、こっちも気をつけておいてくれ」

タクマは、従業員の魔力の認証まで立ち会った。

従業員たちは思い思いの部屋へ入っていくのだった。

17　引っ越し

従業員たちを送った後、タクマは宿へ戻ってきた。

「タクマさんおかえりなさい！」

元気な声で迎えてくれるアンリの頭をポンと撫でると、アンリは驚いた表情をした。

タクマは間違えて、アンリに子供たちと同じ扱いをしてしまった。

「あ、すまん。女性にする行為じゃなかった。子供扱いはだめだな」

謝るタクマに、アンリは首を振って「違う」と言う。それからアンリは、一人っ子だったので兄ができたみたいで嬉しいと言った。

すると、スミスが茶化すように言う。

「アンリはずっと兄を欲しがってたもんな。タクマさんが家族だと言ってくれた事が本当に嬉しいみたいだ」

「もう！　お父さん！　恥ずかしいじゃない。でも、本当にそうなんです。お兄ちゃんができたみたいで嬉しくて」

アンリはスミスに抗議をしながら、恥ずかしそうな顔で言った。

タクマは笑みを浮かべて、再びアンリの頭を撫でる。

「兄貴か……ちょっと年の離れた兄貴だぞ？　まあ、家族になったんだ。俺を兄と慕ってくれるのは嬉しいよ。でも、アンリを守ってやれなかっただめ兄貴だけどな」

タクマがそう話すと、アンリは怒った顔する。

「あの時だって私を守ってくれたじゃないですか！　私は一度たりともタクマさんを恨んだ事はな

いです」

アンリは目に涙を浮かべていた。

「タクマさん。この子の言っている事は本当ですよ。この子はあなたが旅立ってから、毎日のように教会で祈っていたんです。後味の悪い旅立ちをしてしまったタクマさんが無事なように……」

カナンはそう言ってアンリの肩を抱いた。

「そうだったのか……ありがとう……そうだな。過去を悔やんでいるだけでは先に進めないな……アンリ、君が祈ってくれたおかげで、今の俺はすごく幸せだ」

タクマはアンリに近づき、優しく涙を拭いてやった。タクマがアンリを落ち着かせていると、スミスが口を開く。

「タクマさん。これからは私たちも家族だと言ってくれましたよね。だったらお互いに丁寧な物言いはやめましょう」

「……そうだな。分かった。お互いに普通に話そう。これからよろしく」

タクマがそう言って手を出すと、スミスも手を出して握手を交わす。

「しかし、タクマさんがアンリの兄貴だとすると……私には、自分と歳の変わらない息子ができた事になるのか？」

「ははは！　確かに。それはなかなかの違和感だ」

タクマとスミスは大きな声で笑い合った。

しばらくそんな他愛のない事を話したが、しっかりと話しておかないといけない事があるので、タクマは本題に入る事にした。

「さて、いつまでも話したいところだけど、言っておかないといけない事があるんだ。みんなの住む所だな。宿をやる以上、住むのはこの宿になる」

「ん？　そんなスペース、なかったような気がするんだが……」

スミスは不安げに呟くのだった。

それからタクマはスミスたちを引き連れて、宿の酒場へ移動してきた。

カウンターの裏には扉があった。

そこを開けると――なんとスミスたちの居住スペースになっていた。寝室が三部屋、風呂、リビングルーム、キッチンが完備されている。

日本仕様の部屋まである。収納はたくさんあり、これから家族が増えるであろうアンリとマークのために部屋を増やせるようにもしてあった。

カナンとアンリは、充実した居住スペースにとてもはしゃいでいる。スミスとマークはそれを見て笑みを浮かべていた。

タクマはスミス一家に告げる。

「今日は一緒に湖へ戻るけど、明日からはこっちに引っ越してもらう事になる」

「分かった。宿の責任者が常駐するのは当然だろう。みんなもそれで良いな？」

スミスの言葉に三人は深く頷く。

アンリは湖に行けなくなるのを、悲しがっていた。タクマはそんなアンリを安心させるように優しい口調で語る。

「湖にはいつでも行けるようにするつもりだぞ。今はまだ用意できてないが、明日には準備するから。湖は実家のようなものだ。いつでも来て良いんだからな」

アンリは嬉しそうな表情を見せた。

「よし。じゃあ、説明も終わったから帰ろう」

その後、タクマたちは五人で湖の自宅へ戻った。

家に着くとスミスたちは使用人たちの手伝いをするためにキッチンへ向かい、タクマはアークスを呼んで執務室へ移動した。

アークスがタクマに向かって言う。

「ファリンから聞いております。スミス一家の引っ越しが近いという事ですね」

アークスはすべて察していた。

「ああ、急だが明日にはトーランの宿に越す。彼らの服のサイズを採寸して、普段着る服や家具などをそろえてくれ」

「分かりました。明日の昼までに用意する事にします」

アークスは準備に入ってくれる事になった。

◇　◇　◇

翌朝、食事を終えたタクマは、庭でスミスたちを待っている。

居間では、トーランに引っ越すスミスたちを子供たちが見送っていた。

「アンリおねーちゃん、本当に行っちゃうの？」

子供たちは、わずか数日しかいなかったにもかかわらず、アンリの事が大好きになっていた。

アンリは悲しそうな顔を見せないように言う。

「みんなありがとう。みんなとは違う所で暮らす事にはなるけど、いつでも会えるわ」

アンリは子供たち一人ひとりを優しく抱きしめた。そして、休みの日は一緒に遊ぼうと約束した。

子供たちもそれ以上は何も言わず、涙を浮かべながらアンリたちを送りだした。

四人は子供たちと離れ、タクマのいる庭へ出てくる。

「タクマさん、行きましょう」

「ああ。じゃあ行こうか」

タクマはスミスたちと共にトーランの食堂へ跳んだ。

そこから宿へ移動すると、すでにプロックと従業員たちが宿の前で待っていた。宿は無人だったので施錠《せじょう》されているのだ。

タクマは、全員に魔力の登録を行うように促す。

従業員たちが宿の入り口で手をかざすと、扉が淡く光を放った。それが終わると、全員で中に入った。

ホールに着くやいなや、スミスは仕事モードになった。

スミスはタクマに提案する。

「おそらくここにいるメンバーなら、すぐに宿を始めても問題はないかと思うんだが、できれば実際に人を入れて演習を行いたいんだ」

従業員たちの実力は申し分ない。だが、実際の接客となると未知数なところもある。何より、スミスたち自身が規模の大きい宿を運営する事に戸惑いがある。なので、事前に人に泊まってもらって、その不安を払拭《ふっしょく》したいと考えているとの事だった。

なお、これにはプロックも同意見だったそうだ。

「なるほどな。確かに実際に接客をしてみない事には不安か……分かった。誰かお客様になってもらえる方を探そう」

タクマはスミスたちの意見を尊重し、泊まってもらう誰かを探す事にした。

そこへ従業員たちがやって来る。彼らも何かお願いがあるらしい。

「どうした？」

タクマが従業員たちに遠慮せずに言うように促すと、彼らのうちの一人が申し訳なさそうに口を開いた。

「商会長が用意してくれた住まいなのですが、頼みたい事があるのです」

各自の部屋については、今まで働いてきた所よりも待遇が良くて満足しているのだが、一つだけ不満があるという。

各自の部屋がしっかりとある分、集まって話す場所がないのだ。彼らは元々知り合い同士だったので、もう少し近所のつながりが欲しいと訴えた。

「迂闊だったな。確かに近所付き合いをするには味気なさすぎたか。分かった。みんなが帰宅するまでにやっておく事にしよう。スミスさんたちはまず自分の生活スペースに荷物を運んでくれ。みんなはスミスさんたちが戻ってくるまでに、どういった役割をしていくかをブロックと話しながら決めてくれ」

タクマは一通り指示を出すと、スミスたちと共に彼らの生活スペースへ移動した。

タクマはアイテムボックスから一家の荷物を取りだした。するとスミスがやって来る。さっきの件について話したいとの事だった。

「タクマさん。急なお願いで申し訳ない。だが、心当たりはあるのか？」

スミスは自分で言ったとはいえ、なかなか難しい事を言っていると分かっていた。スミスが申し訳なさそうにしていると、タクマは笑みを浮かべて言う。

「心当たりはある。ただ、その人たちが来られるかは話してみないと分からん。だが、好奇心旺盛《おうせい》な人たちだから、きっと良い返事をしてくれると思う」

続いてタクマはアンリの方に顔を向ける。

「……それと、湖につながる魔道具は夕方に用意するから安心してくれ。じゃあ、後は頼む」

タクマは居住スペースから出て、コラルの所へ向かった。


コラルの邸に到着したタクマは、すぐに執務室へ通された。コラルは相変わらず書類の山に埋もれている。

「タクマ殿か。今日はどうしたのだ？」

コラルは仕事を止めてソファーへ移動する。

「実は宿を始める前に、練習がてら実際に人に泊まってもらおうと思いまして……」

タクマはスミスが話した事をコラルに伝える。

そして、その客というのが誰かを話すと――コラルは楽しそうな表情を見せた。

「それは面白いな。あの方たちならきっと承諾するだろう。だが、そのうち一人はだめだ。仕事が山積みだからな」

確かにあの家族の一人は最近やらかしまくっている。おそらく外に出る事はできないだろう。

タクマは苦笑いをして頷いた。

「では、あちらには言っておくから、このまま向かって話してくれ」

コラルは忙しいようで、一緒には行かないようだ。タクマはそのまま庭へ出ると、目的の場所に跳ぶのだった。

18　招待客

目的の場所に到着すると、ザインが待っていた。

タクマは、宿の演習の客として王族を招待するつもりなのだ。ただし、パミルはいろいろやらかしているので無理だ。王妃二人とその子供たちなら問題ない。

ザインがタクマに声をかける。

「タクマ殿よく来たな。コラル殿から話は聞いている。さっそく王妃たちの所へ」

ザインはタクマを連れて、王族の生活スペースへ向かって歩きだした。

到着すると、四人ともタクマを待っていてくれた。ちなみにパミルは仕事に追われ、ここにはいない。

「タクマさんいらっしゃい。今日は私たちにお話があるようですけど」

「ええ。新しく始める宿で客を入れての研修を行いたいのですが、もしよろしければ、ここにいる皆様で泊まりに来ませんか？」

スージーの言葉に、タクマはさっそく用件を切りだした。

王妃二人は目を輝かせる。

「ぜひ伺わせてもらうわ。タクマさんが始める宿だもの。絶対に楽しいはずよ！」

「そうね。わざわざ私たちを客として招待するという事は、かなりの富裕層を狙ってるって事だと思う。初めに最高の立場の客を入れて研修を行えば、正式に開店した時も対応が楽という事ね」

トリスはタクマの考えを的確に分析した。そのせいで、タクマがそれ以上理由を話す必要はなくなった。

「皆さんが来てくれれば、今後どんな客が来ても緊張しすぎる事はないでしょう。泊まる条件というわけではないですが、泊まった時に感じた事を書面でいただけるとありがたいです。サービス向上の助けになりますから」

「それくらいいくらでもやるわ。それで、行くのはいつ頃が良いのかしら？」

すでに泊まりに行く事は決まったようだ。すぐに日程を聞いてくるくらいに、二人は期待しているのだろう。

タクマは笑みを浮かべて、スージーに答える。

「そうですね……明後日の昼くらいにお迎えに上がります。俺が一緒なら直接跳ぶ事もできますし」

スージーたちは宿に行く前に湖に寄りたいとも言った。タクマの子供たちと打ち解けているので、ちょっとだけでも顔を見せておきたいらしい。

タクマはその要望も受け入れる。

「分かりました。では、明後日の朝に湖に来ていただければ。家の子供たちも喜ぶと思います」

スージーたちとの話を終えると、今度はザインの執務室へ移動する。ザインの方から話をしたいと言われたのだ。

◇　◇　◇

「すまん。うちからも人を出しているから気になってな」

ザインは自分の所から移籍した使用人たちが、タクマの宿で上手くできているか心配だったようだ。

「皆、素晴らしいですよ。俺が据《す》えた責任者ともしっかりと議論を交わしていますし」

タクマは心配ないとザインに言ったが——話しながら思いついた。

一番癒しが必要なのは、ザインなのではないか。

あのパミルを制御して、貴族たちの折衝《せっしょう》まで多岐にわたってザインは動いているのだ。きっと休まる暇はないのだろう。

そこでタクマはザインに提案する。

「ザイン様。もし良ければ、うちに来てくれた者たちを視察に来ませんか？」

「視察？」

ザインはタクマの真意が分からず、首を傾げて聞き直す。

「ええ、視察です。自分が送りだした者がしっかりとやっているかの視察をしに来てください。彼らの仕事ぶりを見るには一泊しないといけませんが……近くで彼らの晴れ姿を見てほしいんです」

タクマは、視察という名の休息を取らないかと提案したのだ。

タクマの真意に気がついたザインは、その心遣いに嬉しくなる。

「し、しかし……私が休んでしまうと……」

自分のポジションの重要さを理解しているザインは、首を縦に振ろうとはしなかった。

タクマは今までも感じていた事をザインに言う。

「ザイン様。あなた一人がいない事でこの国は回らなくなるのですか？　違いますよね。ザイン様のいない間にフォローをする人間がいるはずです。あなたが重要なポジションにいる事は分かりますが、たまには休息が必要です」

ザインはタクマの言葉を聞きハッとする。

確かに自分が休んだところで国の政策が滞る事はない。休みで抜けた穴は、誰かしらが補っている。

ザインはフーッと息を吐く。

「そうだな。走りすぎも良くないか……」

「ええ、その通りです。永遠に走り続ける事はできません。たまには立ち止まり、周囲の景色も見た方が良いのです。宿に来る理由が必要なら、俺がいくらでも出しますよ。従業員の視察、今までにない宿の確認、それでもだめなら異世界人の観察でも……」

タクマは思いつくままにザインが宿に来る理由を挙げていく。

すると、途中でザインが折れた。

「もう良い。君の気持ちはよく分かった。では、王妃様方が行く日に私もお邪魔する事にするよ。誘ってくれてありがとう。私の家族も連れていって構わんか?」

「もちろんです。ご家族でゆっくりと彼らの姿を見てください。そして宿で疲れを癒してください」

こうしてタクマは、ザインの招待に成功するのだった。

19　謎生物

「そういえば、タクマ殿。まだ時間はあるか？」

ザインは唐突に話題を変える。

「数日前、城の庭園で不思議な動物が見つかったのだ。子供というのは分かるのだが、どういう生き物か分からん。鑑定を使える者に見させても、何も見えないと言うのだ。それで、君の鑑定だったらどうかなと思ってな」

ちなみに、その生き物は城の人間を警戒して食事をとっていないらしい。

さっそく城の中にある研究施設に向かう事になった。

施設への道中、タクマはザインに尋ねる。

「その施設では、生き物を研究しているのですか？」

「うむ、そうだな。しかし君に見てもらうのは、あまり見た事がない生き物なのだ。虎の子供に似ているが、それにしては小さい。研究するにしても威嚇《いかく》してくるので、手を出せんというのだ」

タクマには、その生き物に心当たりがあった。

（虎に似た小さな生き物？　それって……）

タクマが思いついたのは、地球では普通に見た事のある生き物だ。だが、こちら世界では不思議と見た事がなかった。


しばらく歩き、ザインが扉の前で立ち止まる。ノックすると、扉の向こうから返事が来た。

「はーい！　今行きますー」

中からパタパタと足音がして扉が開かれる。

現れた女性は、宰相が直々に来た事に驚いていた。

「あら、どうなされたのですか？」

「うむ、報告書を読んだのだが、例の生き物の鑑定が進まんと言っておったろう？　それで、鑑定できる者を連れてきたのだ」

ザインはタクマを紹介した。タクマの存在は城内でも秘密にされているのだが、女性は噂で聞いた事があった。

女性はタクマに視線を向けて意外そうな顔をする。

「何でしょう？　俺の顔に何か付いていますか？」

「い、いえ。噂というのは当てにならないなと思っただけです。タクマ様はとても恐ろしい方だと聞いていましたが、普通だったもので……」

女性の返答にタクマは苦笑いする。

「それより、その生き物とやらを見せてもらえないか？」

「は、はい！　こちらです」

生き物は部屋の奥の小さな檻《おり》に入れられていた。人を見ると声を上げるというので、板で目隠しされている。

タクマは二人に待っているように言い、檻の前でしゃがんだ。

そして、ためらう事なく檻を開ける。

「大丈夫だ。いじめたりしないからおいで」

タクマは檻の中に手を入れていく。

「あ、タクマ様！　危険で……」

女性が大声を上げるのを、タクマはもう一方の手で制する。そして、さらに檻の奥へ手を伸ばして目隠しを外してやった。

生き物はタクマの手を見つめていたが、やがて鼻を近づけその匂いを嗅ぎだす。それで安全を確認したようで、タクマの指先を舐め始めた。

タクマが生き物の頭を撫でると、生き物は目を細めた。

「よしよし、怖かったな。もう大丈夫だ。おいで」

タクマは生き物を手に乗せて檻から出した。研究者の女性が驚いて声を上げる。

「何で懐いているのですか！」

生き物はタクマの肩に飛び上がった。

タクマは生き物を宥《なだ》めると、女性に向かって厳しく言う。

「大きな声を浴びせられれば、警戒するのは当たり前だろ！　生き物の研究者ならそれくらい分かれよ」

それで女性は黙り込んでしまった。実際、彼女はこの生き物を調べる時、いつも大きな声を上げて抱き上げようとしていた。

ザインが女性に向かって冷たく言う。

「タクマ殿の言う通りだな。君を責任者にしたのは早すぎたようだ。今日はもういいから、自宅で待機しているように」

女性は肩を落とし退室していく。

女性がいなくなると、生き物は落ち着きを取り戻した。生き物が警戒していたのは、大声を出す彼女だったのだ。

ザインはタクマに謝罪する。

「タクマ殿、申し訳なかった。まさか彼女が原因だったとはな……しかし、随分君に懐いているようだな。結局、その生き物は何なのだ？」

生き物はタクマの肩に乗り、頭を擦《こす》りつけている。

「この子は猫ですね。アメリカンショートヘアという種類です」

「アメリカンショートヘア？　猫？」

首を傾げるザインにタクマは尋ねる。

「で、この子の正体が分かったわけですが、どうするつもりですか？」

ザインは顎《あご》に手を当てて考え込むと、やがて口を開いた。

「そうだな。これ以上ここにいても良い事もあるまい。その猫という生き物も警戒するだけだろう。どうだ？　このままタクマ殿の所で引き取ってもらうというのは」

タクマはその言葉が欲しかった。

実はこの猫に気になる点があったのだ。

「俺としてもこの猫を引き取りたいと思っていたので、ぜひそうさせてください。お前もそれで良いな？」

タクマが言葉をかけると、猫は「ニャー」と嬉しそうに声を上げた。

「猫もそうしたいようだな。では手続きはやっておくから、このまま連れて帰ると良い」

ザインはそう言うと、仕事に戻っていった。

タクマはそのまま自宅の執務室に跳んだ。

◇　◇　◇

猫は突然景色が変わった事に驚いていたが、騒ぐ事はなかった。

タクマは椅子に座ると、猫を机の上に降ろす。

「さて、無事に帰れたな」

猫は足で顔を洗う仕草《しぐさ》をしている。

「ステータスが見られないように隠蔽《いんぺい》しているようだが、俺には通用せんぞ。お前が俺の言葉を理解している事も分かってる」

タクマがそう告げると、猫は驚いた表情をした。

そうしてタクマの顔をじっと見る。

「城での会話を聞いていたのだから分かっているだろう？　俺は転移者だ」

猫は深いため息をつく。

それから猫の口から出たのは、なんと人の言葉だった。

「やっぱりバレてたかー。あんたにはバレてると思ったんだよなー」

軽い感じで猫は言うと、急に真面目な顔になる。

「なあ、やっぱりここって異世界なのか？」

その後、猫はこの世界に来た経緯を説明した。

日本で事故に遭い、その瞬間までの記憶はあるのだが――気がついたら猫の姿で城の中庭にいたという。

それでウロウロしていたら、城の人間に捕まったらしい。

「あいつらすっげえ怖い顔で追い回すんだぜ？　女は俺の耳元でギャーギャー喚《わめ》くしよー」

猫は鬱憤《うっぷん》をぶちまけるように話した。

「なるほどな。しかし召喚でもなく転移でもなく……転生か。これはヴェルド様に確認しないとだめだろうな」

「俺ってどうなっちゃうんだろ。こんな姿でしゃべったら気味悪がられるだろうし」

猫を安心させるように、タクマは告げる。

「まあ、ここは俺の家だし、お前をいじめるような人間はいない。猫らしく家にいたらいい」

「ありがとう。ただささ、俺が本当に猫ならそれで良いんだろうけど、人間だった記憶があるし、言葉もしゃべれる。家で何もしないというのは申し訳なく思っちゃうんだよな」

猫は何か役に立ちたいと考えていた。

タクマは少し考えたものの、ヴェルドに話をしてからでないと何も進まないと結論づけた。

「確かに人の記憶があるとそう思うかもな。だがその前に、お前の事をこの世界の神様に相談させてくれ。お前がなぜそんな事になったのか、知っておきたいんだ」

タクマはそう言うと、猫を肩に乗せてトーランの教会へ跳んだ。

さっそく礼拝堂の前にひざまずき祈りを捧げる。

(ヴェルド様。大至急、確認したいんです。俺の肩にいる猫の事です)

タクマの言葉はヴェルドに届き——気づくと猫と共にいつもの空間へ来ていた。猫はいきなり違う空間に飛ばされてきた事に慌てている。

ヴェルドがタクマに声をかける。

「タクマさん、いらっしゃい。この子ですか……ちょっと見させていただきますね」

ヴェルドが猫に触れると、淡い光が猫を包んだ。猫は不安そうにしつつも、大人しく撫でられている。

しばらくして、ヴェルドがタクマに話し始める。

「なるほど、転生者ですか。それも違う生物として……これはつらいでしょうね」

それからヴェルドは、転生について説明した。

転生は百年に一人にしか起きない珍しい出来事だが、通常であれば前世の記憶が抹消《まっしょう》されるため、認識される事さえないという。

今回のように記憶が維持されたままというのはさらに珍しく、人から違う生物になったというのはヴェルドミールの歴史においても初めての事だった。

ヴェルドは申し訳なさそうに告げる。

「猫の姿になるという転生の裏道《うらみち》ができているのかもしれません。ただ、その姿に魂が定着しているので、違う姿にというのはできないのです」

すると、猫は首を横に振って言う。

「あ、あのさ。俺は謝ってほしいわけでも、人間に戻りたいわけでもないんだ。俺が聞きたいのは、こんな気味の悪い存在が生きてて大丈夫かなって」

猫は、すでに猫になった事には折り合いをつけていた。だが、しゃべれる猫など気味が悪いのではないかと心配だと言う。

ヴェルドは猫の不安を和らげるように優しく言う。

「大丈夫ですよ。しゃべれる動物は珍しいですが、いないわけではありません。タクマさんの所にいるドラゴンもしゃべれますし」

すると、猫は嬉しそうに笑みを浮かべた。

「俺、生きてて良いみたい！　良かった！」

タクマは「良かったな」と言って猫を撫でた。それから彼はヴェルドにお願いした。この猫のような事が頻繁に起こらないようにと。

「もちろん、二度と起きないようにすぐに対応します」

ヴェルドの返答を聞いて安心したタクマは、この場を後にする。ヴェルドはいつもの優しい笑顔でタクマたちを見送った。


教会に戻ってきた。

猫が町を見たいと言うので、そのまま散策する事にした。猫はタクマの肩に乗ったまま、小声で話しかける。

「女神様、美人だったなあ……それに優しかったし」

タクマとしては、ヴェルドは残念な神という印象なので同意できなかった。

それから町をぐるっと回ってから自宅へ帰った。

執務室へ戻ると、タクマは猫に話しかける。

「何か役に立ちたいとの事だったが、猫の姿ではできる事は限られてるだろ？　だから、俺が考えた事をやってみないか？」

タクマは提案したのは、宿の看板猫だ。カウンターで客を迎える役割である。

猫は納得がいかず首を傾げている。

「簡単に考えているかもしれないけど、意外に大変だぞ。悪い客にいじわるされて嫌な思いをするかもしれない。それでも頑張ってくれると嬉しいんだが」

猫は顔を引き締めて言う。

「なるほどな。俺、やるよ。俺ができる事といえば、愛想《あいそ》を振りまくくらいだしな」

「やってみて無理なら、違った方法を考えよう。無理して嫌な仕事をする事はないからな」

タクマは猫を気遣ってそう言うと、猫は「できるだけ頑張ってみる」と返した。猫は、自分ができる事があるというだけで嬉しかった。

「じゃあ、これからみんなにお前を紹介しよう。良い人しかいないから、安心していてくれ」

そう言ってタクマは猫を連れて宿へ向かった。

◇　◇　◇

宿のホールでは食堂と宿の従業員たちが集まり、議論を交わしていた。中心にいるのはプロックである。

タクマと猫は壁に寄りかかって話が落ち着くのを待つ。

「なあ、タクマさん。あの人たちは何を話し合ってるんだ？」

タクマが耳をそばだててみると、従業員は次の事を話し合っていた。

富裕層の宿泊客の食事は、食堂が特別に担当する。食事全般は他の宿より高級な料理とし、富裕層には和食を提供する。

タクマが会話内容を伝えると、猫は驚き声を上げる。

「和食？　和食があるのか？」

「ああ。俺の所にはお前とは違う方法で来た日本人がいるんだよ。その人が中心となって食堂をやっているから、和食が普通に食べられるんだ」

タクマが視線で周りを見るように促すと、猫は周囲を見回して声を上げる。

「あれ？　そういえば見覚えがある光景だ。ここって異世界だよな。何で和風旅館？」

「この宿は富裕層をメインターゲットにしてるんだ。金に余裕がある人は珍しい物に敏感だ。だから和風旅館をチョイスしたんだ」

それからタクマは猫に、何人もの日本人がこの世界に来ており、様々な痕跡《こんせき》を残している事も伝えた。

「さっきも言ってたけど、俺とタクマさんだけじゃないんだな」

「ああ、自分と同じ故郷の人間がいるだけで安心するだろ？」

タクマはそう言うと猫を撫でた。

「そっか……ちょっと不安が和らいだ」

「まあ、日本人じゃなくても俺の家族たちは心が広い。きっとすぐに慣れるさ」

タクマと猫が話していると、アンリがやって来る。従業員たちの議論が一段落したのだ。

「タクマさん、おかえりなさ……い？」

アンリは、タクマの肩に乗っている猫を見て動きを止める。猫は、アンリにどんな反応をされるのか身構えていたが――

「きゃー！　何ですか!?　その可愛い生き物！」

アンリの甲高い声に驚いた猫は、タクマの背後に隠れる。

タクマは苦笑いすると、アンリに注意する。

「可愛いのは分かるが、急に大きな声を出さないでやってくれ。ちょっと人が怖くなってるから、こうなってしまうんだ」

タクマは隠れている猫を落ち着かせ、優しく抱き上げる。

「ほら、城の人間みたいじゃないから安心しろ。アンリは俺の妹のような子で、ここの宿の娘なんだ」

「ごめんね。大きな声を出して」

アンリは、タクマの腕に抱かれた猫に優しく声をかける。

猫はアンリをジッと見つめた。アンリが手を猫の顎の下に差しだすと、猫はその匂いを確認してペロリと舐める。

「わあ、可愛い」

アンリが猫を撫でていると、他の面々も集まってくる。

みんな猫に釘付けになっていた。

「商会長、この生き物は……」

「ああ、城でいろいろあって引き取ってきた猫という動物だ。この猫はすごく賢くてな、人の言葉を理解するから、宿のマスコットとしてどうかなと思って連れてきたんだ。こいつもやる気みたいだしな」

タクマがそう言うと猫は頷く。

それからタクマは、猫の境遇をみんなに話した。すべて聞き終えた全員はとても悲しい顔をしていた。猫に同情したのだ。

「人の魂が、別の生き物に宿るなんて……」

「何でそんな事に……」

猫は静かに口を開く。

「確かに悲しいんだけど、運が良かったとも思う。だってタクマさんが助けてくれたし、みんな気味悪がったりしないし。それにこんなに悲しんでくれている。それだけで充分だよ」

アンリはタクマから猫を受け取り、ギュッと抱きしめた。

「あなたはタクマさんの家族になったのだから、私たちとも家族よ。これからよろしくね」

他の者たちも猫を撫でていく。

猫は、皆が受け入れてくれたのを感じて涙を流した。

「ご、ごめん！　俺、つい……」

猫は恥ずかしそうに謝る。

その後、落ち着きを取り戻した猫は、自分の事を話したいと言いだした。

彼は22歳で大学を卒業し、東京で新社会人として働き始めたばかりで事故に遭った。最後の記憶は、横断歩道で信号待ちをしているところ。その後何があったのかは覚えてない――猫はそう話しながら言葉を詰まらせた。

タクマは猫に尋ねる。

「……新社会人だったのか。働きたいと願っていたのはその影響もあるのかもな」

「やっと大人の仲間入りだと思ってたからな……こんな姿になっちゃったけど、自分の食《く》い扶持《ぶち》くらいは稼ぎたいんだよ。たぶんタクマさんはどっちでも良いと思ってるんだろうけど、俺は自分のできる事をやって、みんなの役に立ちたいんだ」

タクマは、猫の心意気を聞いて心が熱くなった。

「分かった。さっきも話した通り、宿のマスコットをやってくれ。マスコットといっても、受付にずっといるだけにはしたくない。宿の中や敷地内を巡回して、異変があったら報告をしてくれるか？」

猫は意外に感じて尋ねる。

「え、そんなに自由にしていいの？」

「宿は広いし楽な仕事ではないぞ。やれるか？」

タクマの言葉に、猫は表情を引き締めて「やらせてください」と言った。

タクマはふと思いついて尋ねる。

「なあ、そういえば名前を言っていないのは何でだ？　いつまでも猫呼ばわりされるのは嫌だろう？」

猫は言いづらそうにしつつ返答する。

「だって……前の名前は人間だった時のものだから……それを名乗って良いのか分からなったので言わなかったんだ」

それから猫は判断をタクマに任せたいと言った。

「そうだな。俺は前世の名前でも良いと思うけどな。ただ、お前が迷っているなら、自分で名前を決めたらどうだ？」

タクマがそう言うと、猫は考え込む。

「自分で……どうしよう……あ！　良い名前がある！　ハク……俺の名前はハクにする！」

猫が「ハク」と名乗った瞬間——彼の身体がわずかに光った。

タクマは驚いたものの、すぐさま鑑定をして異常がないか確認した。猫が新たに名付けた事で、ヴェルドから加護を付与されたのだった。

「ハクか、良い名前だ。その白い毛の色から取ったのか？」

「そうだね。覚えやすいじゃん」

ハクは嬉しそうに声を上げる。

そして彼はみんなの方に顔を向け、改めて挨拶をする。

「皆さん。俺の名前はハクになりました。これからよろしくお願いします！」

頭を下げたハクを、みんなは優しく迎え入れた。

これで、宿と食堂の従業員たちにはハクの紹介を終えた。次は自宅に戻って、家族に会わせようとタクマは考える。

タクマはハクを抱いて自宅前へ跳んだ。


玄関に入ると、アークスが迎える。

「タクマ様。おかえりなさいませ……その生き物はいったい？」

首を傾げるアークスに、タクマは返答する。

「こいつは猫という生き物で、名前はハクだ。城から引き取る事になってな。細かい事は後で話すから、みんなが戻ったら呼んでくれ。俺はハクと執務室にいるから」

「分かりました。全員に伝えておきます。いつも通り歓迎を？」

さすが、アークスは分かっていた。タクマは新しい家族を迎えるたびに歓迎会をやっているのだ。それは動物だろうと変わらない。

「ああ、頼む。食堂で働く事になっている者たちもいずれ戻ってくるだろうから、和食を用意してくれるように言ってくれ」


タクマはハクと共に執務室へ移動する。

ハクをテーブルに降ろすと、タクマはソファーに座って一息つく。聞きたい事がたくさんあったハクは、タクマを質問攻めにした。

「タクマさん。何で異世界に和風の平屋《ひらや》があるんだ？　それに外の家も日本で見た事のある建物ばっかだし」

「そうだな。みんなが帰ってくるまでに時間もあるし、俺の事も話しておこう」

それからタクマはハクに、自分がこれまでやってきた事、自分の能力などを話していった。一通り話し終えると、ハクはすごく疲れた顔をした。

「すげえチートな人だったんだなぁ。それに異世界商店？　とんでもない能力だ」

「そうだな。これのおかげで、今の俺がいるといっていい」

気づけば外は暗くなっていた。

アークスがタクマとハクを呼びに来る。

「タクマ様。全員そろっております」

◇◇◇

タクマはハクを肩に乗せて居間へ移動する。その間、ハクは緊張した面持ちだった。

居間のドアを開けると、湖に住む全員がそろっていた。

ヴァイスたちも戻ってきている。アークスから事前に聞いていたため、怖がらせないように子犬サイズになっていた。

タクマは周囲を見回して言う。

「全員いるな。すでに気がついていると思うが、俺の肩に乗っているのは、新しく家族になる猫という動物のハクだ。みんな仲良くやってくれ」

それからタクマは、ハクがここに来る事になった経緯を話していった。

家族たちは、ハクがしゃべれる事も含めてすべてを受け入れた。好奇《こうき》の目を向ける事なく、新しい家族が増えた事を純粋に喜んでいる。

タクマは全部話し終えると、ハクに自己紹介するように促す。ハクは相変わらず緊張の面持ちで話し始めた。

「今日からお世話になるハクです。この世界の事は何も知りませんので、もし何か変な事をしたら、教えてくれると嬉しいです。皆さん、よろしくお願いします」

ハクが頭を下げると、全員笑顔で歓迎した。

「俺はカイルっていうんだ。聞きたい事があれば何でも聞いてくれ」

「私はファリンよ。子供と旦那ともどもタクマさんに救ってもらって、迎え入れてもらったの。これからはみんな家族だからよろしくね」

カイル、ファリンに続いて、家族たちがハクに挨拶していく。子供たちは早くハクと遊びたそうにしながらも丁寧に挨拶していた。

日本人の一家がハクのもとにやって来る。

「僕はリュウイチっていうんだ。名前の通り日本人だ。こっちが妻のミカ、息子のタイヨウだ。召喚されて戦争に使われそうだった僕たちを、タクマさんが救ってくれたんだ。慣れない事も多いだろうが、一緒に頑張っていこう」

「私はミカ。ここではみんな仲良く過ごしているから安心してね。タイヨウと遊んでくれたら嬉しいわ」

タイヨウはハクに興味津々で、一生懸命手を伸ばして声を上げていた。

リュウイチ一家の後に、夕夏が現れる。

「私は夕夏よ。そこにいるタクマの婚約者ね。私はかなり昔に召喚されて、ダンジョンで封印されていたの。今日からここはあなたの家だから、気兼ねなく過ごしてね」

最後に、タクマがユキの説明をする。

「夕夏の腕に抱かれているのは、ロイヤルエルフのユキだ。俺の子供として引き取っている。ここにいる全員がハクの家族だ。みんなと仲良くしてくれるとありがたい。よろしくな」

すると、ハクは子供たちに囲まれた。

「ハク！　一緒にご飯食べよ！」

「ずるい！　僕も一緒!!」

子供たちが我先にとハクに群がったが、まだヴァイスたちの挨拶が終わっていない。タクマは子供たちをたしなめるように告げる。

「ほらほら。ハクはヴァイスたちと話さないといけないから、遊ぶのは今度な。ヴァイス、ハクを連れて話をしてくれ。ハクはお前たちと話せるはずだから」

タクマがそう言うと、守護獣たちがハクの前にやって来る。

「アウン！（俺、ヴァイス！　よろしくね！）」

「ミアー（僕、ゲールだよ！）」

「キキ！（ネーロだよー！　よろしくねー）」

「クウ（ブランだよ）」

「……（……レウコン……）」

ヴァイスたちの言葉を聞いたハクは、彼らの言葉が認識できた事に驚いていた。

タクマはハクを落ち着かせるように撫で、その理由を話す。

「ハク、鑑定に不慣れで見落としているだろうが、俺の鑑定では表示されているお前の能力がある。『意思疎通（大）』だ。すべての生き物と交流できる能力で、だからこそヴァイスたちの言葉が分かるんだ」

それから、ハクはヴァイスたちと熱心に話し始めた。

そこへ、夕夏がタクマに懸念を伝えに来る。

「ねえ、タクマ。ハクちゃんの食べ物は大丈夫なの？　猫と同じなら、人とは別に特別な餌《えさ》を用意しないとまずいんじゃない」

タクマは首を横に振って、その必要はないと伝えた。

家にいる動物は住人と同じ物を食べているし、ハクも同様に問題ないのだ。なお、ハクのステータスは次のような感じだった。

［名　前］ハク
［種　族］アメリカンショートヘア
［年　齢］9か月
［魔　力］5000
［称　号］転生者、神に同情を受けた者
［スキル］隠蔽（大）、鑑定（大）、危険察知（大）、気配察知（大）、索敵（大）、隠密（中）、意思疎通（大）、苦痛耐性（大）、精神耐性（大）、毒耐性（大）、威嚇（小）
［加護］ヴェルドの加護、タクマの加護

戦闘の能力がない、危機回避に特化したタイプだ。ちなみにハクは転生者であるため、いろいろなスキルを得られる。

夕夏は胸を撫で下ろしつつ言う。

「突然、あの姿になってしまったんだもの。ヴェルド様も気を遣ってくれたのね。でも良かった。ハクちゃんだけが違う食事は嫌でしょうし」

夕夏はハクの事を「ちゃん」付けで呼んでいたが、タクマはやめるように言う。

「夕夏、あいつはれっきとした成人男性だから、『ちゃん』付けはきついと思うぞ。せめて『君』付けにしてやらないか？」

夕夏はハッとした表情になる。

「ごめんなさい。愛らしい子だからつい……気をつけるわ」

しばらくするとハクがヴァイスと共にやって来て、タクマに相談する。

「タクマさん、ちょっと聞きたい事があるんだ。それによっては宿の看板猫をする前にやるべき事があるってヴァイスに言われたんだ」

ハクは、ヴァイスから力を使いこなせていないと指摘されたと伝えた。

ハクはまだ自分の能力に慣れていない。能力を知るためにも森で鍛える必要があるとヴァイスたちは言ったのだ。

「なるほどな。確かにヴァイスたちの言い分は分かる。俺もヴェルドミールに来たばかりの頃は、力を持て余してやらかしているしな。宿を正式に開始するまでは時間があるし、ヴァイスたちの提案を受けてみたらどうだ？　自分のできる事を把握するのも大事だからな。ただ、ずっと森にいるのはキツイだろうから、昼間だけにしたりすればいいと思う」

タクマがそう言うと、ハクは首を縦に振った。

それからタクマは、ハク自身のステータスについて教えてあげた。ハクはいろいろな力を授かった事に喜んでいたが、中でも喜んだのは人間と変わらない食事ができる事だった。

「城では生肉しか出なくってさ……それしか食えないのかと絶望していたんだ。良かった！　みんなと同じ物を食べられる」

喜ぶハクに、タクマは優しく告げる。

「今日はハクの歓迎会だ。美味しい物をたくさん食べるといい」

タクマの号令で、ついにハクの歓迎会が始まった。

テーブルの上には大皿が並び、いろいろな料理が盛られていた。唐揚げ、肉じゃが、魚の煮付け、ポテトサラダ、ハンバーク、蒸し野菜などが用意されている。

ハクは夕夏たちに取り分けてもらい、お腹いっぱいになるまで食事を楽しむのだった。


たくさんの家族に迎えられ、美味しいご飯をたらふく食べたハクは、伏せたゲールに包まれて寝ている。

「フフフ、ハク君もこれで家族の一員ね」

夕夏はそう言ってハクを優しく撫でる。

主賓であるハクが寝たので会は終了となった。その後、各々の家へ家族たちは帰っていった。

20　予行演習の準備

居間ではスミス一家がタクマを待っていた。

まだ完全に引っ越しを終えていないので、宿に送る約束をしていたのだ。またタクマは、宿と湖畔の邸を魔道具で行き来できるようにしたいと考えていた。

タクマがスミスに声をかける。

「お待たせ。とりあえず、準備をするからちょっと待ってくれな」

「はい。そんなに急がなくても大丈夫ですよ」

タクマはソファーに座ると、ＰＣを取りだし異世界商店を起動させる。

そうして空間跳躍の魔法が付与された扉、それも和風の宿に合うデザインを探していく。

［魔力量］　　　　　　　　：∞
［カート内］
・襖《ふすま》型空間跳躍魔道具　：１億
［合計］　　　　　　　　　：１億

かなり高額だが、前回買った扉より安かった。

タクマは襖を取りだして設置する。

「とりあえずはここで良い。後は宿に設置をすれば問題ないな」

タクマはそう言うと、スミス一家を連れて宿のホールへ跳んだ。


「何度経験しても不思議な感覚ですな。一瞬で違う場所に跳べるというのは」

スミスは困惑している。

「まあ、こればっかりは慣れるしかないよな。さて、対《つい》の襖をどこに置くかなんだが……俺としてはみんなの居住空間にと考えているんだけど、どうだろう？」

タクマは、空間跳躍の襖の設置場所はスミスたちに任せようと考えていた。タクマの質問に対し、スミスは首を横に振って告げる。

「タクマさん、そんなに慌てて設置しなくても良くないですか？　それより話したい事があるんです……」

「そうか？　じゃあ、少し話そうか」

タクマとスミス一家は、ホールにあるソファーに腰を下ろした。

スミスがタクマに質問をぶつける。

「宿を本格的に始める前に、予行演習をするとお聞きしました。それで、特別なお客様を招待すると……どんなお客様がいらっしゃるのか、事前に把握しておきたいんです」

慣れない高級宿の運営なので、スミスは慎重に進めたいと言った。

タクマは一つ宿題を出す事にした。

「聞かない方がいいと思うが、まあいいか。じゃあ、これから出す条件を守れるなら教えよう。それは、客の身分によって接客の態度を変えない事。もし、相手を見てサービスを過剰に変えてしまうようなら、サービスのあり方を考え直さないといけない」

スミスはそれを聞いて、タクマが呼ぼうとしている人物がかなり大物だと気づいた。

「そこまでの大物が……」

スミスは声を震わせながら聞くが、タクマは条件を呑まない限り言わないと答えた。

スミスはタクマに向かって言う。

「これは、私たちだけでは判断をしてはいけない事だと思うので、みんなを呼んで来ていいですか？　私が呼びに行ってきます」

タクマが許可をすると、スミスは宿を飛びだし従業員を呼びに走っていった。


二十分ほどで、従業員全員が集まった。

従業員の一人がタクマに尋ねる。

「商会長、予行演習の相手を知るには条件があるとの事ですが」

「ああ、スミスさんには詳しく話してあるから、それを聞いたうえで判断をしてくれ」

スミスたちは一か所に固まって相談を始めた。

（さて、どう判断するかな？）

タクマは話し合ってる様子を見ながら、結果がどうなるかを楽しみにしていた。

しばらくしてスミスたちの話し合いは終わった。タクマの前にスミスを始めとして従業員たちが並んでいる。

「決まったかな？」

「はい。誰がお客様で来ようと、私たちが決めたサービスを変えない事を約束します。これから宿をやっていくうえでは良い試練だと思います。なので、お客様を教えていただけますか？」

彼らは相手を知ったうえで、サービスを行うと決めたようだ。

タクマは話し始める。

「分かった。じゃあ予行演習の客を教える。お客様は二組。パミル王国の宰相であるザイン・ロットン様とそのご家族。そしてもう一組は、パミル王国王妃であるスージー様とトリス様、そのお子様であるマギー様とショーン様だ」

タクマの口から出た名前に、全員呆然としてしまった。

「な、な、なんて？　今宰相様と王族の方がいらっしゃると聞こえたのですが……」

従業員の何人かは、かつて城に勤めていた者たちだ。彼らは昔の主たちが来ると聞かされ、激しく動揺した。

「商会長が王様とつながりがあるというのは聞いた事がありますが……王族の皆様や宰相様を招待してしまうとは……」

唖然とする従業員に、タクマは平然と言ってのける。

「練習相手としてはどうかと思うが、これを乗り越えてしまえば、どんなお客が来ても大丈夫だろ？」

相手がどうであれ、宿でやるべき事は一つ。宿でゆっくりと過ごしてもらうのは、どのお客様でも変わらないのだ。

「いいか？　お客様はお客様だ。宰相様だろうが王族だろうが、接客は変えてはいけない。コラル様はそれができると判断したから、お前たちを俺に紹介してくれたのだ。また、スミスさんたちはＶＩＰがどんな存在なのかを肌で感じる必要がある。今後、どんな身分の人間が来るか分からないのだから」

スミスは話を聞いて、真剣な表情になった。

彼は小さな町の宿を営んできたに過ぎないが、それでも多少の富裕層の相手はした事がある。だが、本物のＶＩＰは見た事もなかった。

スミスは腹を決めた。

この試練を乗り越えないといけない。これを成功させれば、どんな客が訪れても平常心で接客ができる。宿はタクマが用意してくれた物だ。タクマの顔を潰してはいけない。

スミスは動揺を見せる従業員や妻子に語りかける。

「みんな、聞いてくれ。タクマさんが用意した招待客は大物だ。だが、それは私たちを信用してくれている証《あかし》じゃないのか？　私たちだったらできると。だったら商会のメンバーとして期待に応えないといけない。私たちのサービスがお客様に通用するか挑戦しよう。どうだろう？　私たちならできると思わないか？」

従業員たちはスミスの言葉を聞いて驚いていた。スミスはもっと頼りないと思っていたのだ。それが今は、試練を越えようと自ら先頭に立って鼓舞《こぶ》している。

やがて従業員たちの心は、上司を支えたいという思いに変わっていった。

「確かにスミス店長の言う通りだ。俺たちならできる。城でも高貴な人を相手にしてきたじゃないか」

「ああ、前に働いていた所の主が来るからどうしたっていうんだ。今は商会の宿で働いているのだから、変わらないサービスを提供してみせる！」

従業員たちは一体感に包まれていた。

その姿を見て、タクマは驚いた。

（スミスさんの言葉で、あそこまで雰囲気が変わるとはな。スミスさんは人を仕切るのに向いてい

るという事なんだろう）

そんな事を考えていると、タクマの前に宿のメンバーが集まってくる。

スミスが代表して口を開いた。

「タクマさん。私たちはこの試練を乗り越えてみせる。あなたの顔を潰すような事はしない。自分たちの考えたサービスを提供してみせます」

スミスの言葉に呼応するように全員が深く頷く。

タクマは気圧《けお》されながらも、表情を変えないように答えた。

「そ、そうか。じゃあ今日はもう遅いから、最後の詰めは明日にしよう。解散して明日に備えてくれ」

タクマは遅くまで引き留めた事を謝りつつ解散を促した。

従業員たちはタクマの言う通りに解散し、持ち場へ戻っていった。

スミスは疲れたのか、ソファーに座り込む。

今はそっとしておいた方が良いと考えたタクマは、自分の後ろでずっとこちらを窺《うかが》っていた存在に声をかける。

「プロック。随分と趣味の悪い事をしているじゃないか。来てるなら隠れて見てなくても良いんじゃないか？」

すると、柱の陰からプロックが現れる。

「ほっほっほっ。まったくこちらを見る事なく気づくかのう……さすが商会長じゃ」

プロックは機嫌の良さそうな声で言うと、タクマの横に立った。

「まさか、招待客が王族と国の要職にいる者とはの。なかなか思いきる事じゃ。ただ商会長は、あそこまで士気が上がるとは思っていなかったようじゃのう」

プロックはそう言うと、タクマの顔を覗き込んだ。

「商会長も顔に出すようではまだまだじゃのう。まあ、予想以上の効果が出た事は運が良かったのう。逆に士気が下がり、大失敗という可能性もあったわけじゃし」

確かにその通りだった。彼らがプレッシャーに押しつぶされていたら、予行演習どころか宿自体が失敗していた可能性もある。

タクマは笑みを浮かべて言う。

「コラル様の紹介してくれた人材が、この程度で逃げ腰になるはずないからな。だから、悪いようにはならないと思ったんだ。嬉しい誤算だったのは、スミスさんが人をまとめる事ができると分かった事さ」

タクマとプロックは、スミスに目を向ける。

スミスは座り込んで、妻と娘に介抱されていた。ちなみに、マークは王族が来るという事実が受け止めきれず固まっている。

スミスが落ち着いたところで、タクマは声をかける。

「大丈夫か？　明日は予行演習の前日でやる事がたくさんある。だから早めに用事を終わらせよう」

それからタクマは、後回しにしていた空間跳躍の魔道具をどこに設置するか尋ねた。

「そ、そうですね。じゃあ……」

スミスが魔道具の設置場所に選んだのは、受付裏にある六畳間だった。

そこは、客室の鍵になるカードが保管されている部屋だ。

タクマは受付裏の部屋に入ると、アイテムボックスから襖を取りだし設置した。取り付けた瞬間に光を放ち、これで有効化された。

「よし、行き来も楽になるだろう」

プロックは、見た事もない襖に興味津々だった。

「商会長。これは面妖な扉じゃのう。取っ手もないが、どう開けるんじゃ？」

「ん？　こうやって横にスライドさせるんだ」

タクマはプロックの質問に、実際に開けてみせる。

開けた先は、タクマの自宅の一室が見えていた。

「ほほう、面白いのう。これは儂にも開けられるのか？」

「この魔道具は、認証用の魔道具を持ってないと開かないんだ。だから、プロックは使えないな」

タクマは首を横に振って否定すると、プロックは残念そうにする。

「まあ、信用を積み上げるしかないというわけじゃな」

「そうだな。まあ、そのうちな。とにかく明日は忙しくなる。みんなを休ませる事にしよう」

タクマはホールに戻って、スミスたちに休むように言う。

スミスたちが生活スペースへ動くのを見届けると、タクマはブロックを送ってから帰宅するのだった。

◇　◇　◇

翌朝。

辺りが明るくなる前にタクマは起きる。ミカと夕夏はトレスの所へ行き、食堂のメンバーはすでにトーランへ行った。

タクマはヴァイスたちと庭に出て身体をほぐす。ハクは眠そうにしながらもヴァイスたちと共に身体を動かした。

身体がほぐれる頃には子供たちも目を覚まし、食事の時間となった。

賑やかな朝食を終えると、ヴァイスたちはハクを連れて森に出掛けていく。子供たちはカイルと共に孤児院で鍛錬である。

タクマは全員を見送ると、宿の入り口に跳んだ。

タクマの目の前に、昨日と違った光景が広がる。

男性従業員たちがそろいの制服を着ていた。

ホールには、夕夏、ミカ、トレスを始めとした多くの針子が来ている。トレスたちが全員分の制服を作ってくれたのだ。

従業員の一人が興奮気味にタクマに話しかける。

「あ、商会長！　この制服というのは良いですね。清潔感があるし、そろいなので一体感があります！」

彼が着ているのは紺《こん》の作務衣《さむえ》だった。

「気に入ってくれて何よりだ」

タクマはそう言うと、夕夏たちに言う。

「サンプルが欲しいという話はしたが……数をそろえてくるとはな」

「タクマの事だから、よほどの事がない限り却下はないでしょ？　そのために私たちがいるわけだし」

「私も色を間違えたりしなければ、だめ出しはないと思って」

タクマは、二人なら変な物は作らないだろうと信頼していたのでその辺は問題ない。だが、針子たちに負担をかけていないか心配だった。

それをトレスに尋ねると、彼女は笑みを浮かべて言う。

「新しいデザインで服を作れるというのに、みんな我慢できるはずがないじゃない。身体もすっかり回復してるし、仲間を集めての作業だったから問題ないわ」

針子たちは制服作り自体を楽しんでいたようだ。

タクマとトレスが話していると、着替えていたという女性従業員たちが現れる。

女性の制服は、男性の物とは違ったデザインの作務衣だった。

制服を着た従業員たちがタクマの前に並ぶ。

さすがに壮観である。従業員たちの顔つきも心なしか気合が入っているように見えた。

「どう？　お気に召したかしら」

トレスが自慢げに聞くとタクマは頷く。

「素晴らしいよ。この服だけでも話題になってしまうかもしれないな」

タクマの返答に、トレスと彼女の後ろに控えていた針子たちがそろって満足そうに笑った。そこへ、ミカがタクマに話しかける。

「あ、そうだ、タクマさん。リュウイチから預かってる物があるんです」

「リュウイチが？」

ミカがタクマに渡したのは、大きな袋だった。

「ええ。制服にはこれだろうと言って作ってくれました」

タクマが袋の中を覗くと、たくさんのピンバッチが入っていた。

シルバーのピンバッチで、タクマの守護獣たちの彫り物がしてある。好きなデザインを付けられるように各種用意してあった。

「良いね。みんなに選んでもらってくれ」

夕夏はタクマから袋を受け取り、従業員に選ばせに行った。

◇　◇　◇

その後、制服を届けてくれた針子たちは満足そうに帰っていった。彼女たちは、従業員が増えた時のために制服作りをするという。

制服がそろって士気が上がった宿のメンバーは、最後のシミュレーションを行うらしい。各自それぞれの配置ついて動きを確認している。

タクマはこの場をプロックに任せ、夕夏とミカを連れて食堂に向かう。

歩きながらタクマはミカに尋ねる。

「そういえば、富裕層向けの夕食の献立は決まっているのか？」

「もちろんファリンさんから言われてレシピを渡してありますよ。たぶん、そろそろ仕上げに入ってると思うんですけどね」

今回は予行演習という事で、それほどメニューはそろっていない。だが、オープンまでにはかなりのレパートリーを出せるようになると、ミカは胸を張った。


食堂に到着すると、美味しそうな匂いが漂ってくる。

ファリンがミカに話しかけてくる。

「あら、ミカ、ちょうど良いところに。スープができあがったから、味を見てくれない？」

ミカが連れていかれ、タクマと夕夏は客席で待つ。

「仕上げたら持ってくるから楽しみにしていて」

ファリンはそう言って笑みを浮かべた。


ファリンに厨房に連れてこられたミカは、さっそくスープの味を確認する事にした。

メイン料理はこのスープが鍵を握る。これを失敗してしまうと、すべてが台なしになってしまうのだ。

小皿に注がれたスープを受け取ると、ミカは香りを嗅ぐ。少しでも焦げていたり、獣臭かったりすればやり直しだ。

「……うん。いい匂い」

それからミカはスープを啜《すす》って、味の確認をする。それは濃厚で、素材のエキスが搾りだされているのが分かる。

ミカが頷くと、ファリンはホッと息を吐いた。

「良かった。それにしても、スープだけでこんなに手間がかかると思わなかったわ」

付きっきりでスープの仕込みをしていたファリンはぐったりしている。

このスープを作るには、二時間は鍋から目を離す事ができない。大量の素材が煮込まれており、火加減をミスするとあっという間に焦げてしまうのだ。

「このスープは一番重要だからね。でも、これで最高の料理ができるわ」

ミカはスープにOKを出し、仕上げに入るように言う。

厨房では、従業員が忙しそうに動き回っている。すべての料理が同時に仕上がるよう、流れるように作業をしていた。


十分後、カートがタクマたちの前に運ばれてきた。

カートの上に並ぶ料理を見て、タクマと夕夏は目を丸くする。

そこには、日本で見慣れた料理が並んでいた。天ぷら、酢の物、茶わん蒸し、真ん中には鍋がドンと鎮座《ちんざ》していた。

「おお、これは……旅館のメニュー？」

「そうね、豪華だわ……」

タクマと夕夏は感動していた。

配膳に来たミカが話す。

「本当はお刺身を出したかったんですけど、こちらでは生で魚を食べる習慣はないそうなので却下しました。どうでしょうか？　これなら富裕層のお客様にも楽しんでもらえると思うんですけど……」

タクマたちは温かいうちに食べる事にした。

ミカが鍋の蓋を開け、中身をすくって小さなカップに注ぐ。そこに少量の塩を振り、刻んだねぎをかける。

カップを受け取ったタクマと夕夏は、その料理が何であるか理解した。

「水炊きの出汁《だし》か……」

「ええ……本格的なのを作ろうとすると、すごく手がかかるよね……」

スープを一口啜《すす》ると、二人の口の中に鳥の濃厚な旨味が広がった。

二人は口をそろえて言う。

「「はぁ……幸せ……」」

食堂のメンバーは、満足そうに笑みを浮かべた。

それからミカは具材の準備を始めた。

鍋のスープに鶏肉を投入し、肉の色が変わったところで、白菜、キノコ、ネギ、大根、大根の葉を入れる。最後に、鶏《とり》のつくねを投入すると蓋を閉めた。

水炊きができるのを待っている間、タクマたちは他の料理を味わった。

天ぷらはカラッと揚がっている。茶わん蒸しを口に入れると、優しい出汁の香りがプルプルの卵とともに口中に流れ込んだ。

「さあ、できましたよ！」

ミカが鍋の蓋を上げると、真っ白い湯気《ゆげ》が上がった。水炊きの完成だ。

ミカがタクマに液体の入った小皿を渡す。

「これはカボスに醤油を加えたタレです。スープで割って、食材を付けて食べてくださいね」

タクマと夕夏が、ミカに言われたようにしてみると、タレのおかげでサッパリと食べる事ができた。

その後、食堂のメンバーも試食を始めるのだった。

◇　◇　◇

「そういえばタクマ。気になる事があるんだけどいい？」

試食を済ませたタクマに夕夏が尋ねる。

「ん、どうした？」

「あらかた準備はできてると思うんだけど、ちょっとね」

重要な事が抜けていると夕夏は言い、さらに続けた。

「それはね、寝間着《ねまき》よ！　和風旅館を作っておいて、寝間着を用意していないのはどうなの？　せっかくなら可愛い和風の寝間着が欲しいわ！」

高級を売りにしているのだから、寝間着を用意するのもありかもしれない。ただ、浴衣《ゆかた》はこちらの世界の人では着方が分からないだろう。

タクマがその懸念を伝えると、夕夏はここでしか着られない服装が必要なのだと言った。

夕夏の意見にミカも賛同を示す。

「そうですよ！　特別感が大事なんです」

特別な所に泊まるのだから、そういう物が欲しいのだそうだ。

「そうなのか？」

「「当たり前!!」」

こうして寝間着を用意する事になった。

アイテムボックスからＰＣを取りだし異世界商店を起動させると、夕夏とミカはＰＣをひったくって宿の寝間着を探し始める。

（そこまでこだわるものなのか……）

タクマは当惑していたが、当人たちはすごい盛り上がりを見せていた。

「ミカ、これはどう？」

「可愛い！　でもこっちは？」

画面に映る浴衣を見て、二人は興奮している。

こういう時の女性に声をかけてもろくな事にならない。そう思ったタクマは決まるのを待つ事にした。


浴衣選びは一時間にも及んだ。

二人が時間をかけて選んだのは、三種類の浴衣と帯のセット。そして、とっておきの一種類。さらに子供用が四種類、男性用の寝間着は一種類用意されている。

ちなみに、一般向けの寝間着も男女一種類ずつあった。

【魔力量】　：∞
【カート内】
・女性用浴衣セット（ピンク　桜柄）　×50　：25万
・女性用浴衣セット（ブルー　コスモス柄）　×50　：50万
・女性用浴衣セット（イエロー　ひまわり柄）　×50　：50万
・悩殺肌襦袢《はだじゅばん》（レッド　シルク製）　×50　：50万

・女児用甚平（ピンク　兎柄）　　×１００　：40万
・女児用甚平（イエロー　花柄）　×１００　：40万
・男児用甚平（黒　無地）　　　　×１００　：40万
・男児用甚平（青　無地）　　　　×１００　：40万
・男性用甚平（黒　無地）　　　　×１００　：50万
・男性用綿パジャマ（グレー　無地）×１００　：40万
・女性用綿パジャマ（グレー　無地）×１００　：40万
［合計］　　　　　　　　　　　　　　　　：４６５万

タクマは購入品の一つである「悩殺肌襦袢」を見て首を傾げる。

（何で悩殺する必要があるんだろ？）

タクマの表情を見た夕夏が言う。

「何でセクシー衣装？　って思ったでしょ。絶対に必要だと思うわよ。特別なイベントで泊まる事もあるでしょう？　そんな時はこれを使って……」

「あー、分かったから、それ以上言うな。まあ、他の宿に差をつける意味では良いかもしれないな」

とにかく寝間着は決まったので、タクマは宿へ戻る事にした。

宿では、従業員たちが反省会をしていた。反省会が終わったら、再び再度確認作業を行うという。タクマは終わるのを見計らって声をかけた。

「すまんが、ちょっといいか？」

タクマの声に全員が振り向く。

タクマはスミスとカナンを呼びつけると、寝間着の事を話した。二人は、宿が寝間着を用意するなんて聞いた事がないと言った。

だが、タクマの説明を聞いて納得する。

「なるほど……タクマさんのいた国では、宿が服まで用意していたんですね。特別感を味わってもらうには良いかもしれない」

「ええ、女性は可愛い寝間着があったら楽しく過ごせるでしょうけど……一つ気になる事があるわ。その浴衣……でしたっけ？　それは独特な着方ですけど、それはどうするつもりですか？」

カナンの質問に夕夏が返答する。

「着方は私が教えるわ。すぐに覚えられるから。富裕層の部屋を担当する人は、お客様にその着付けもするという事ね」

「なるほど。だったら大丈夫ですね。行動の確認が終わったら、全員に教えていただけますか」

着方は難しくないと分かったカナンはそう言い、全員が夕夏から着付けを習う事になった。

その後、従業員たちは宿にさらなる売りができた事を喜び、さらに演習を重ねて準備を完璧にしていく。

そうして、来《きた》るべき予行演習当日に備えるのだった。

異世界に飛ばされたおっさんは何処へ行く？
①～④
An Ossan in counterwold!
シリーズ累計30万部超えの異世界ぶらり旅ファンタジーを公式コミカライズ
アラフォーおっさんが
弱者《よわき》を助け、
強者《つよき》を一撃《くじく》！
サラリーマン佐東拓真（35歳 独身）が眼をさますと、そこは新世界ヴェルドミールだった。貴族や大商人の横暴に戸惑いつつも、いきなりモフモフな仔犬を拾って育てたり、女神ヴェルドの加護でネット通販を楽しんだり、とりあえずで気ままな新生活を楽しみ始めるタクマ。そんなマイペースすぎるおっさんの明日はどっちだ!?　異世界おっさん気まま旅、はじまります！
［原作］シ・ガレット　［漫画］ひらぶき雅浩
B6判／各定価：本体680円＋税
WEBにて好評連載中！
アルファポリス 漫画
検索

辛い出来事ばかりの人生を送った挙句、落雷で死んでしまったOL・サキ。ところが「不幸だらけの人生は間違いだった」と神様に謝罪され、幼女として異世界転生することに！　サキはお詫びにもらった全属性の魔法で自由自在にスキルを生み出し、森でまったり引きこもりライフを満喫する。そんなある日、偶然魔物から助けた人間に公爵家だと名乗られ、養子にならないかと誘われてしまい……!?

◉定価：本体1200円+税　◉ISBN：978-4-434-27440-4　◉Illustration：花染なぎさ

この作品に対する皆様のご意見・ご感想をお待ちしております。
おハガキ・お手紙は以下の宛先にお送りください。

【宛先】
〒150-6008 東京都渋谷区恵比寿 4-20-3 恵比寿ｶﾞｰﾃﾞﾝﾌﾟﾚｲｽﾀﾜｰ 8F
（株）アルファポリス　書籍感想係

メールフォームでのご意見・ご感想は右のＱＲコードから、
あるいは以下のワードで検索をかけてください。

アルファポリス　書籍の感想　検索

ご感想はこちらから

本書はWebサイト「アルファポリス」（https://www.alphapolis.co.jp/）に投稿されたものを、改稿、加筆のうえ、書籍化したものです。

異世界《いせかい》に飛《と》ばされたおっさんは何処《どこ》へ行《い》く？９

シ・ガレット

2020年 6月30日初版発行

編集－芦田尚・宮坂剛
編集長－太田鉄平
発行者－梶本雄介
発行所－株式会社アルファポリス
〒150-6008 東京都渋谷区恵比寿4-20-3 恵比寿ｶﾞｰﾃﾞﾝﾌﾟﾚｲｽﾀﾜｰ8F
TEL 03-6277-1601（営業） 03-6277-1602（編集）
URL https://www.alphapolis.co.jp/
発売元－株式会社星雲社（共同出版社・流通責任出版社）
〒112-0005東京都文京区水道1-3-30
TEL 03-3868-3275
装丁・本文イラストー岡谷
装丁デザインーAFTERGLOW
印刷－図書印刷株式会社

価格はカバーに表示されてあります。
落丁乱丁の場合はアルファポリスまでご連絡ください。
送料は小社負担でお取り替えします。

ISBN978-4-434-27526-5 C0093